大扶贫

一线手记

③

张 兴◎著

贵州出版集团
贵州人民出版社

图书在版编目（CIP）数据

大扶贫一线手记. 3 / 张兴著. -- 贵阳 : 贵州人民
出版社, 2020.11

ISBN 978-7-221-15832-1

Ⅰ．①大… Ⅱ．①张… Ⅲ．①纪实文学—中国—当代
Ⅳ．①I25

中国版本图书馆CIP数据核字(2020)第073565号

大扶贫一线手记③

DAFUPIN YIXIAN SHOUJI③

著　　　者	张　兴	
摄　　　影	罗华山　程　立　卡　西	
出　版　人	王　旭	
责　任　编辑	程　立　马文博　赵帅红	
装　帧　设计	唐锡璋	
出　版　发行	贵州出版集团　贵州人民出版社	
社　　　址	贵阳市观山湖区会展东路SOHO办公区A座	
邮　　　编	550081	
印　　　刷	贵州新华印务有限责任公司	
规　　　格	787mm×1092mm　1/16	
字　　　数	260千字	
印　　　张	18.5	
版　　　次	2020年11月第1版	
印　　　次	2020年11月第1次印刷	
书　　　号	ISBN 978-7-221-15832-1	
定　　　价	45.00元	

》《大扶贫一线手记》总序

顾　久[1]

　　张兴老师将他的《大扶贫一线手记》三卷相托，嘱我作序。翻阅三部厚厚的作品，感到这是由非常之人，于非常之际，所作的非常之文。

　　张兴老师属"非常之人"。其经历与我略同——从贵阳到黔东南凯里，因改革开放，恢复高考，进入大学；然后，走上工作岗位——但我大学毕业后，游移于好几个职业；张老师则一头扎根报社，从记者直到贵州日报报业集团副总编辑，曾斩获中国新闻二等奖、中国新闻奖副刊复赛一等奖、摄影复赛一等奖等，评为二级教授，荣获国务院特殊津贴专家、省管专家等。其专业本为历史，却酷好文学、散文、诗歌等，出过几本专集。他身患严重的糖尿病，饭前必须打针；但退休后，仍不息肩。脱贫攻坚战役打响，点燃了这个衷情乡土、富于情怀、诗人气质和具有时代责任感的退休记者和永不下岗的作家的激情。在没有任何资助的情况下，他时得朋友邀请，或干脆自掏腰包，

---

[1] 顾久：著名学者，贵州省人大常委会原副主任。

走村串寨于黔贵大地之上。共计五年时间，走访省内9个市（州）和贵安新区的57个县（市、区），深入138个村寨，用尽3个手记本，满满书写了整整100篇纪实文学文章，编成《大扶贫一线手记》三卷。壮哉，张兴！

所谓"非常之际"，是说当我们这一代人步入晚年之际，中国在历经四十多年高速发展之后，又对贫困的农村进行帮扶。我们懂得什么叫贫困：1968年，我到凯里县一个苗寨上山下乡，也曾撩着膀子与农民兄弟一道干遍种种农活。记得第一年干了286个劳动日，但至年终分红，除粮食而外，每天只分到1分钱——全年挣得两块八毛六分钱。那时，除买盐打煤油，所有基本生活必需品都得靠自给自足。又过了十年，1978年年底，在中央工作会议上，"贵州省委第一书记马力介绍，全省旱涝保收农田只有600多万亩，人均只有2分6厘田，基本上是靠天吃饭。去年粮食社会占有量人均不足500斤，比全国人均少100多斤。人均口粮在300斤以下的生产队占百分之三四十上社员的收入人均只有46元，是全国最低的。今年夏季预分，有的生产队每个劳动力只得2分钱……"[1] 这就是当年的贫困。

贵州之贫，事出有因：这片土地十亿年前曾是一片温暖的浅海，还可能孕育过地球上最古老的生物，但1亿多年前的燕山造山运动，引发巨大的褶皱；而约5000万年前的喜马拉雅造山运动，最终使这里形成青藏高原旁的第二台地。从此大山阻隔，河流切割，山深林密，人迹罕至。

---

[1] 韩钢.艰难的转型[J].中共党史研究，2011（09）：21—28.

在狩猎采集阶段，这里的人类生存条件还不算差。进入农业文明后，山间土地破碎的农户，靠着自给自足的小农业生产来维系生存，不可能不困窘。建省不久，明代人王圻对贵州的评价是："古西南夷罗施鬼国地……山箐峭深，地瘠寡利，夷性猾诈，……师旅绎骚，每与川、湖同其灾害，而军民岁计，又大半仰给于二省，兵荒交值，时有弗继之忧。"[1] 到了抗战时期，省主席吴鼎昌还这样评说："黔省社会经济，尚未脱离中世纪简单之农业时代。予到任时，不但小规模之商工矿事业，颇少公司组织，即地方典当或高利贷等旧式金融组织，亦寥若晨星。除特货布匹药材等三五较大商业外，几无可令人注目之生意。汇兑不通，金融滞塞……合而构成之社会经济力量，其简单而微弱。"[2]

　　总之，"破碎的""山地的""小农业"，这三点特质几乎就决定了贵州的窘况。贵州解放以来，党和国家对这块土地历来关心有加，特别是进入新时代以来，倾注的情与力更是空前。在此背景下，贵州省委、省政府用易地扶贫搬迁，来破解不适宜生存的"破碎的"土地上的村民的生存问题；用改善基础设施——县县通高速后，实现村村通，再致力于组组通——来破解"山地的"阻隔问题；用特色农产品、合作社、企业加农户等农业产业化的方法，来破解自给自足的"小农业"生产问题；加上种种社会保障，来改善百姓生存——孩子读书、老人看病、通水

[1]《三才图会·贵州》。
[2]《花溪闲笔》。

通电；与此同时，动员万千各级干部入驻乡村，工作在第一线……贵州的物质与心态、自然与人文，都在发生着变化，日新月异，亘古未有。壮哉，时代！

贵州的这场巨变，需要类似《清明上河图》的画卷来展现其背景、事件、故事与人物……当然，场面更大，人物更多，气势更宏伟。凡有担当的文学创作者和新闻工作者，都不会失职缺位；于是，张老师挺身而出，从而成就了这部"非常之文"——《大扶贫一线手记》。

完成这轴大画，需要格局、文采与情愫。这些，张老师并不缺乏。原贵州日报报业集团社长、总编辑宫喜祥曾评价张老师的格局："远取诸物，近取自身；上接天文，下联地理；寓意深远，空谷余音；脚踏乌蒙，眼望星空；取材生活，立意人生；近观贵州，远望世界；聚焦细微，扫描宏伟；弘扬正气，鞭挞邪恶；速写自然，工笔生灵；胸怀民众，传播党性；言之有物，句句诤诤。"而贵州省委政策研究室原农改试验办主任、诗人赵雪峰曾赞美其文采与情愫："张兴像农民尊重土地一样，尊重自己的生命。他用自己的诗，去写时代的苦痛。更用自己的诗，去关注人，关注人性，关注生命，关注命运，关注生命的意义，关注生命的存在环境，反映人在生命过程中的感怀、感受、感悟和感恩。他的诗歌细腻、粗犷、大气，有'硬度'，也有'柔度'，他的诗歌让我们看到一个民族一路走来的脚步，一个人一路走来的难度，一种情一路走来的酸楚，他的诗歌值得让我脱帽致敬。他的作品，可以说是用水泥来勾缝的诗歌，又像是雄鹰在天空翱翔，点亮心灵，洞照精神。"

完成这轴大画，还需要独特的眼光和视角。从三部书看，张兴老师的认识有一个逐渐深化的过程：开始，他似乎更关注记录大变革中的具体人和事："我总在想，应该把这些故事都记录下来，因为它们的每一个细节，每一处字里行间，都镌刻着我们不变的情怀与追求"，"这些人和事深深打动了我。我觉得应该把更多的这样的人和事记录下来"[1]；后来，他认为："脱贫攻坚不仅仅是一项经济任务，而应该被视为中国农村的一项伟大社会变革。它所触动和改变的范围，应该涵盖农村的思想、经济、文化、社会、人文、环保、法治生活的方方面面。与这一认识相适应，《大扶贫一线手记②》，把更多的视角和笔触对准了脱贫攻坚中的人文、社会变化"[2]；到了《大扶贫一线手记③》，张老师更把目光聚焦于人，并且是"从社会学、历史学、人类学角度"去"关注人（农村广大干部群众、第一线扶贫干部和社会方方面面关注脱贫攻坚事业的个体和群体）在这场社会变革中的思想、精神、文化，乃至各种习惯、做派、作风的变化"[3]。于是，这100篇文章，区域涉及全省各地，人物涉及干部、农民、教师、企业家、反哺故土的爱心人士，等等。全书共有几十个农村干部和扶贫干部，"他们各有各的故事，少有豪言壮语，我更多地把落笔点放在他们不同的人生背景、

---

[1]《大扶贫一线手记①·前言》。
[2]《大扶贫一线手记①·前言》。
[3]《大扶贫一线手记①·前言》。

工作方式、心理活动，甚至不同的人生命运上。只有一个目的：避免模式化、脸谱化写人，杜绝雷同"；而普通村民，"比干部多出好几倍。我写了他们积极的一面，但也不避讳他们消极的一面。本来，在这样一场历史性变革中，他们的不适应，有时多于适应"。可见，这100篇就像镜头对准了上百个不同身份、背景的生动人物。在本书的最后，张老师还附上他与人共同创作的电影文学剧本《乡愁》。壮哉，此书！

当年，张择端在描绘《清明上河图》时，或许只是忠实于生活场景，精心勾画出眼前的汴梁清明节景色、建筑、人物、事件等，但却让我们感受和观察到千年前宋代的市井生活。张兴老师的《大扶贫一线手记》，是否也忠实记录了当下这个时代里贵州，乃至中国的历史变迁，从而让我们的后人也能感受、感慨和感动呢？我相信，答案是肯定的。

是为序。

目录

CONTENTS

前言 / 写人之变 …………………………………… 001

可喜之变 …………………………………………… 007

"笨办法"破解新难题 …………………………… 014

华君书屋里的文化梦 …………………………… 020

把法"种"进农民心里 ………………………… 027

"道德超市"的特殊魅力 ……………………… 033

"独臂女干部"的生命星空 …………………… 042

关岭牛，"牛"起来 …………………………… 050

"剪"出板贵花椒的春天 ……………………… 058

一加一为什么会大于二 ……………………… 066

最是情到深处时 ………………………………… 074

"释疑"新社区 …………………………………… 082

扎牢利益联结这根纽带 ……………………… 089

闻得到泥土味的创新组合 …………………… 097

"新市民"，靠啥稳住和致富 ……………… 105

为"裂变"加力 ………………………………… 114

一生难了"菌之情" …………………………… 121

给产业和市场搭座"桥" ……………………… 127

也是一种"裂变"和"增生" …………………… 134

经营村庄 …………………… 141

冷朝刚的"金钥匙" …………………… 148

"走上来"与"走进去" …………………… 155

为燎原之势当颗星火 …………………… 162

"我在这里如愿以偿" …………………… 168

找到打开心门的钥匙 …………………… 175

知心才能齐心 …………………… 182

打郎村里"解题人" …………………… 189

生死相望只因初心 …………………… 196

文化的力量 …………………… 202

"小康菜园"大天地 …………………… 210

"有你参与更精彩" …………………… 217

山野激荡英雄气 …………………… 226

"我在2300米高山上等你千年" …………………… 234

威宁看"海" …………………… 241

"变"出一片新风景 …………………… 249

一座桥·一条路·一个人 …………………… 257

工程师的一段心路历程 …………………… 264

"一汪水"后面的故事 …………………… 272

后记 …………………… 282

写"人"之变

《大扶贫一线手记③》写了37篇，与已经出版的前两部《大扶贫一线手记》里的文章合起来，整整100篇。

眼前放着的这些书稿，让我突然冒出个念头：怎么不写到101篇呢？100篇，并不代表终结，或许它正是一种新的开启。

100，是国人喜欢的吉祥数字，代表着圆满。101，则告诉人们，一切都没有终点，站上了一个山头，前面还有更高的山峰。用当下最流行的语言来说，就是我们一直在路上。

当然，没有必要把100篇改成101篇，它充其量只具有某种象征意义。100篇，并不代表着终结；或许，它正是一种新的开启。

在《大扶贫一线手记①·前言》里，我曾写过："通过走访，我逐渐了解到，脱贫攻坚的内涵与外延都极其丰富。它不是一项简单的工作任务，不仅仅涉及一些经济指标，而更是一场闪射着人性光芒的社会革命。扶贫，首先要扶志开智；脱贫，带来的将是经济社会的综合性变化。我希望能为助推脱贫攻坚伟大斗争尽一点绵薄之力。走进大扶贫一线，我们能最真切地感知变化，会有不尽的灵感，会有不变的情怀，在我笔下，不竭地流淌和歌唱。走下去。去大扶贫一线，寻找我们的诗和远方。"只要你不断关注着发生在中国农村大地上的历史性变化，不停息地观察、发掘和反映，甚至亲身参与这些变化，不用发表宣言，不须刻意说明，那诗和远方，都会激励着我们，脚步不停，耕耘不止，这方面的发现空间和写作天地是没有穷尽的。

三部《大扶贫一线手记》整整写了5年。在这不算漫长但确实也不短的时间里，我常常想：在脱贫攻坚大背景下的中国农村，特别是贵州农村，最大的变化，到底是什么？

我同友人讨论过这个问题，他们多半持这样一种看法：那当然是生产生活条件上的今非昔比。你看：硬化道路一直修到家家户户门口，很多农家住上了美观宽敞的新房，村民在家门口变成了工人，农业产业正发展得风生水起，农民在考虑的已不是如何过得温饱，而是有更大的经济实力提升生活的质量。这确实是历史上从未有过的天翻地覆，让城市羡慕乡村，已经不是梦想，正在一步步变成实际。

我为发生在中国农村的这种巨变欣喜。它生动而真实地展现了中国共产党的初心：一切为了人民的幸福，一切为了人民的利益。

然而，只看到这些变化，显然还不是问题的全部。

除了物质的变，我们更要注意到人的变。人，是创造历史和推动历史不断向前的动力。关注人（农村广大干部群众、第一线扶贫干部和社会方方面面关注脱贫攻坚事业的个体和群体）在这场社会变革中的思想、精神、文化，乃至各种习惯、做派、作风的变化，从特定意义上说，应该超过对完成具体项目任务和具体工作过程、某一方面帮扶结果的注意。

从《大扶贫一线手记①》开始，这种意愿一直延续到后来的走访和写作中。为写这三本手记，5年时间里，我走访了省内9个市州和贵安新区的57个县（市、区）138个村，聚焦点始终对准各个层面上的群众和干部，写他们的酸甜苦辣，写他们的喜怒哀乐，写他们在脱贫攻坚过程中怎样从被动转为主动，从自在走向自为，从只知苦干逐渐变为目标明确干的过程。这样做，更符合我当初想把《大扶贫一线手记》写成一套从社会学、历史学、人类学角度去观察农村、描写农村、反映农村的纪实文学作品的本意。

或许，这同自己的人生经历有关。

我一生中的三个重要阶段，都给予自己观察人、了解人的不同角度。

16岁那年，我从贵阳进了在黔东南凯里的〇八三系统的一家工厂。那是个三线企业，又是军工企业。厂里的干部工人都是我从未接触过的一种类型的人，他们坦诚、热心和负责任的精神，使我至今难忘。为了一个让"中国导弹早日上天"的号召,他们可以忘我奉献,白天拼命干,晚上加班干,却从不在金钱报酬上斤斤计较。至今,还在想,怎样用手中的笔,把这些人物准确地刻画出来。

1977年,全国恢复高考。在5%的录取比例中,我成为幸运者,从山沟里的厂房,走进四川大学的课堂。我填报了中文系,却进了历史系;当时,很是沮丧了一阵。但我很快就发现,这一"改",还改对了。当时,系里的史学大家徐中舒、缪钺等老教授都还健在,他们其实都是"文史一家"的大师。尤其缪钺老师,竟然盲着双目为我们讲授唐诗,教诲学生千万不能就诗论诗,一定要看到诗中的人、诗外的人,人为什么爱诗,诗人为什么成其为诗人,这简直成了我人生的一个座右铭。可以说,四年大学生活,让我从理论上找到了关注人与历史、社会关系的依据,锻炼了从人的角度出发看历史、看社会的能力。

毕业后,分配到贵州日报社,那是1982年初春。我有更多机会去接触和了解各种各样的人。即便是后来走上报社领导岗位,分管的业务部门中,时政、经济、文艺、科教就是其中一部分,还有记者部。这些部门的新闻报道,都离不开人。可以说,工作也逼着我去观察人,研究人,反映人。

习惯成了定式,这种定式思维影响了我的人生。也自然而然形成了我写《大扶贫一线手记》的初衷。

三本《大扶贫一线手记》中,我写了几十个农村干部和扶贫干部,但他们各有各的故事,少有豪言壮语,我更多地把落笔点放在他们不同的人生背景、工作方式、心理活动，甚至不同的人生命运上。只有一个目的：避免模式化、脸谱化写人，杜绝雷同写人。

书里写到的普通村民，比干部多出好几倍。我写了他们积极的一面，但也不避讳他们消极的一面。本来，在这样一场历史性变革中，他们的不适应，有时多于适应。我甚至写了一些农民在脱贫攻坚过程中出现的攀比现象、绝对平均主义观念、"等靠要"依赖思想、懒汉行为……这其实就是真实的农村。为什么说农村群众工作难做，这同中国农民的一些积习和思想方式有密切关系。

真实地、动态地、深度地，用自己的方式写农村中的"人"。不是我不爱农村和农民。对农村干部群众，我一直怀有深深的敬意。他们在极其困难的条件下，用自己的双手，靠脚下的土地，支撑起生活的重担，也为国家和社会默默做着贡献。随着《大扶贫一线手记》采写的步步深入，我对他们的敬意也越来越深。

但是，毋庸置疑的是，在农村，作为发展的主体动力，激发人的主动性、创造性，还有广阔的天地、艰巨的任务；从"要我干"到"我要干"还在艰难进行当中，我想这正是要把脱贫攻坚与乡村振兴紧密衔接的原因之一。

乡村振兴作为新时代中国现代化建设的一个重要组成部分，重点在于依靠农村干部群众的力量，让农村产业发展更上层楼，把精神文明建设做深、做透、做细，让乡村治理真正变成农民自己的责任，使得过更有品位的农村生活成为一种广泛追求。说到底，把人的作用发挥到极致。

这给我以极大鼓舞：写《大扶贫一线手记》的初心没

有错，还有更大的平台，等待我去把反映农村大变革中人的变革的文章写到底。

到乡村振兴的现场去，那里有我们的诗和远方。

写人，写人的变化，写人赖以存在的环境的变化，我将不停步地走下去。

张 兴

2020年8月10日

» 可喜之变

　　贾文新说："我与习水县在脱贫攻坚中结下的缘分和产生的情结，那才真个叫剪不断，化不开，道不尽。"

　　2010年，从新疆奉调贵州，在贵阳工作一年后，便担任中石油贵州黔西南州销售公司书记，那年他42岁。2013年1月，44岁的贾文新到习水县良村镇茶园村和醒民镇红岗村两个村前后做了一年半的驻村第一书记。2018年，他又被中央组织部选调，担任习水县委常委、副县长，要奔五

的人了，主抓的工作仍是脱贫攻坚。

贾文新常说，我是习水人。老百姓很认他这份亲情，他自己也把这段情缘看得很重。

2019年春节前夕，农历腊月二十八，贾文新被红岗村干部村民请去过当地苗族群众传统节日"踩山节"。来请他的人，一口一个"回家"，他心里也真荡漾着回家的感觉。整个春节，他都是在习水过的。

不过这次"回家"，贾文新感觉有些不一样。

他因脱贫攻坚两度在习水县任职，形容这两次经历，他的习惯用语是"两波儿"。

"第一波儿，我初来乍到，那时脱贫攻坚的主要任务，就是抓农村基础设施建设。国家、社会、干部、农民都认准一个理：要想富，先修路。"在贾文新印象中，仅中石油一家，在习水县为此就投资近亿元。拼命干的成绩很可观，他曾任职的红岗村所属醒民镇，村组通路率达到

百分之百，通户路比率也超过百分之九十。"第二波儿再回习水，我最强烈的感觉就是，道路通了，人们的眼界思路也都开阔了，再谈脱贫攻坚，农民的愿望、干部的行为、工作的重点都和过去大不一样。"

怎么个不一样？2019年7月13日，我在红岗村同贾文新就此做了一次促膝长谈。

如果把脱贫攻坚初始阶段抓出成效的基础设施建设算作平台，脱贫攻坚进入冲刺阶段，这平台上就要相应盖几座"大楼"：两产，说的是产业、产品；两扶，说的是扶志、扶智。贾文新的比喻形象而有趣。

抓产业，说来简单，但其中道理很深。种下满山水果，养上一栏猪牛，那是不是产业？是！但也可以说又不是。你不知道它们对不对群众的心路，合不合市场的销路，能不能把百姓带上致富奔小康的道路，如果不能，那它就称不上产业，至少不算好产业。选好一个产业，要"上天入地"。"入地"，坚持"因地制宜、尊重习惯、资源永续"；"上天"，登高望远看市场，不做一锤子买卖，不赚一时半刻的"热钱"，产业要谋近获，更要图远利。

抓产品，是在抓产业基础上实现一次思想和行动的革命，核心是资源利用优化和产品打造优化。贾文新一席话很直白但在理："我们地方就那么大，资源就那么多，不切实际地追求规模、产量，这样的产业浪费了资源，也走不长远。因此，品牌就凸显决定性意义，通过抓品牌就抓住了产品，农村产业如果能走向多样化、优质化，向科技要发展要效益的大门就打开了。"

至于怎么"扶志""扶智",也必须在新的时代背景下展开。

二到习水,贾文新感受到"头脑风暴"的强大效应。

习水县在战胜贫困奔向小康进程中,提出了两个振奋人心的口号:"气化习水""智化习水",这都是缘于对县情和国情的重新认识和理解。

西气东输中贵管线途经习水,如果能在习水解决开口使用问题,不仅造福全县83万人民,而且等于在发展奔小康上添了一份强大推力。目前,项目进展不断传来好消息。"智化习水",则是要抓住数字经济异军突起、大湾区经济方兴未艾等千载难逢的机遇,用好习酒优势和其他优势,在对接机遇和优势的过程中,不断激发内生动力;这样,习水的发展就会跃上一个新平台。

讲发展,促发展;登高望远,耳目一新。在习水县绝不仅仅是贾文新一人。

红岗村村支书兼村委会主任余秋中,给我们讲了一个关于酸菜的故事,从中就看得出思维转变、思路变化的轨迹。

红岗村海拔620米,相对地势较低,地理、气候、土壤条件适宜,群众历来喜种青菜、菱角菜,做酸菜的习俗传承了好多辈人。青菜、菱角菜一年两收;制成的酸菜口感很好,名声在外。发展产业议题摆上桌面,村里起了争议,能不能把酸菜作为产业来抓?酸菜可不可以打造出品牌?有人心存怀疑。统一认识后,村里在2016年建起酸菜厂,把淡季滞销的青菜、菱角菜制成酱菜系列产品,既保护了村民种植的积极性，又让红岗村有了一个打得响的产品。酱菜产品年产量达到300吨左右，行销遵义、黔东南，还远销到四川等地，年收入上百万元。

醒民镇镇长罗华说，像这样的事在镇上多得很。发展产业不是只图新鲜、图热闹，人家干什么，我们也干什么；什么不太起眼，就不干。有时，越是有特色，越是有乡土风味，越在群众中有根基；由于特别和自然，在市场上就越站得住脚。

罗华说话不紧不慢，他心里有一本醒民镇发展的账。通过几年努力，全镇人均收入每年以10%的速度增长，目前达到10900元。"要讲脱贫那真不成问题，但要达到小康水平却还难。"他的想法是，这几年发展产业目标还是要放在增收上，成熟一项搞一项；不求大，不求快，不要一哄而起；破坏了资源，伤了群众的积极性，最终也发展不起像样的产业。

"老百姓其实最单纯，谁带他增收，谁带他致富奔小康，他就相信谁。"发动群众种红高粱，群众一直等着看效果。今年大面积种植红高粱，让镇上老百姓挣到1500万元的真金白银，不用人催，他们就会考虑下一轮种植的事。这样的产业，就植根在农民的心里，发展前景绝对差不了。

罗华反问我：乡愁是什么？不待我作答，他又自说自话：不就是在搞农耕的人越来越少的时候，还能让人看见青山绿水往昔生活的那些东西吗？乡愁是乡村旅游的主体，醒民镇这方面资源就很丰富。当年中央红军二渡赤水经过醒民，黔北第一个中共地下党支部当年就设在红岗村；红岗村的"红苗"文化底蕴深厚，每年的"踩山节"，云南、四川群众都会赶来参加，最盛时达到三四万人。这笔资源该怎样发掘利用？镇上和村里的意见是，目前，开发条件还不成熟，急于打造景点，势必破坏资源，"竭泽而渔"不如"蓄水养鱼"。红岗村依托苗族群众聚集区，成立了"榨山堡旅游开发有限公司"，在保护中渐次开发；同时，组织27名村民参加的民族风情表演队，到本县的土城风景区长住，边表演边学习；等待条件成熟后，再回村充当发展乡村旅游的主力。

红岗村老支书袁付刚，是这支表演队的领头人。他说，村民们最先是冲着欢乐玩耍参加表演队的。到了外地，见得多了，才知道就靠这种表演，每月能有几千元收入，而且将来把村里的乡村旅游发展起来了，那赚头更

大。因此，大家对学别人的好东西都很上心。

把路找准了再干，不等于停下来不干。醒民镇针对土地撂荒、村庄空心化等问题，计划通过产业集约化，整合道路、山路、水库、森林等多项资源，走精品水果和乡村旅游产业发展之路，这些思路正在一步步落实。

贾文新由此感慨不已：脱贫攻坚不仅改变了农村的物质条件，而且冲击着干部群众的思维定式。人们干事不再是见子打子、哪种哪收，而是把现实与长远、本地实际与发展大势捆绑在一起盘算和行动，这是一种让人欣喜的"变"，是将会产生巨大效应的"变"。"连乌鸦都在变。过去教科书上说，乌鸦想吃到瓶子里的水，会想方设法地向瓶里面扔石子。现在乌鸦知道用吸管来吸水。情况变了，你不变就显得落伍，不合时宜。"

话听着好像有些幽默，却让人想了很久，想到很多。

2019年7月15日

» "笨办法"破解新难题

习酒镇，富甲习水。

2018年至2020年，习酒厂和茅台201厂投资200亿元，每年为国家创造税收达20多亿元。依托习酒之力，发展产业推进脱贫攻坚，全镇4.1万人口，去年人均收入达到1.7万元。

百姓日子好过了，群众富裕程度提高了，干部们却有些笑不起来。

咋啦？农民与政府之间，群众与干部之间，一些纠纷和矛盾进入高发期，有往昔积累下来的，也有新近产生的。尽管多数发生在"点"的层面上，但处理不好，有可能形成不稳定因素，最终成为持续发展的阻力。

为什么生活过得蒸蒸日上，矛盾问题反而激增？"其实，这是经济社会发展过程中的必然现象，发展程度越高，群众越关注自己的切身利益。站在一切为人民这个高度去看，这些纠纷和矛盾，都找得到解决的办法。"习酒镇党委副书记、政法委书记刘樊的观点明快清晰。

　　2019年7月14日，正是星期天，他专程和我赶往镇上，说是要看看解这道"题"的答案。

　　到了习酒镇，应我要求，去了桃竹村。边走边看边问，事情的来龙去脉就渐次在头脑中成形。

　　农民要找政府和干部讨说法的，一般不外四类问题：征拆类问题、民生类问题、建设类问题、权属类问题。其中尤以征拆类问题为最。搞建设、谋发展，农民地被征了，房子被拆了，成了失地农民。其中有些人年龄偏大，不符合企业用工条件，进不了厂，免不了积怨在胸。还有一些农民总觉得，自己该享受的优惠政策没有享受到，家中违建被拆除后，认为划不来，山林土地确权过程中也遗留了问题，这些是后三类问题的主要构成部分。

　　刘樊说，表面上看，是农民群众闹情绪，给我们心里添了"堵"，给工作增加了难度。但你换个角度看看，除

了个别无理取闹的人之外，我敢说，人家也各有各的理，只不过他们找不到沟通的渠道，寻不到说话的地方。有时，"闹"就是一种宣泄，是想引起我们的注意。

症结找准了，办法只有一个：以心交心，用心换心，在确保群众利益的前提下，摸清矛盾成因，一个一个地找到解决途径。在解决矛盾过程中，改变干部作风，提高党和政府的公信力。"三个三"的矛盾化解机制在镇上应运而生：出现矛盾，至少在村民小组化解三次。村民组长、村里党员、村组议事小组成员、村内知名人士和当事人共同参加，把矛盾和问题摆上桌面，大家共同评判是非曲直，提出自己的处置意见。乡里乡亲，知根知底，大多数矛盾用不了三次，就以握手言和的方式得以解决。在村里化解三次，村干部与当事人坦诚相见，往往是把事情摆清楚了，把解决问题的底线找到了，矛盾在不知不觉间就烟消云散了。至于上镇里化解三次，那就是"硬骨头"了。仍然要以确保群众利益为前提，由有关部门分头寻求解决的办法。这办法，看着有些繁琐，有些"笨"，但很对农民的路。

以心换心化解矛盾，党员和干部当仁不让。

桃竹村有12个村民组799户3072人。"第一书记"李桂生驻村一年多时间，串家入户是"家常便饭"。"林子大了，什么鸟没有？我要知道林子里的情况，只有用笨办法。"李桂生所言笨办法，又与"三个三"不同，就是通过不断走访，去了解村民心里有什么疙瘩，哪些矛盾需要及时化解，用什么办法化解最有效。

"笨办法"还真灵。

去年，他进了一个村民组，此时，村民杨成海和吴云联两家正闹得不可开交。李桂生花了3天时间做"判官"。原来，杨成海家的鸡被狗咬死11只，他认准狗是吴云联家的。吴云联却要杨成海找出证人，死活不承认事情与他家有什么干系。两家人较上了劲，互不相让。

李桂生要管这"鸡狗"之事，有人说他小题大做，劝他赶紧收手。他却有自己的道理：邻里之间小矛盾不及时化解，就可能酿成大事，对谁都不利。

他找乡亲们把情况大概摸了底，然后请来两位当事人：

"吴云联，你家狗咬死杨成海家鸡，不用证人，事情也八九不离十，要不他怎么单单找上你？"

"杨成海家鸡被狗咬死，换我也心疼。但你想想，农村人家就是这条件，吴云联适当给些赔偿，大家就握手言和吧！乡里乡亲，低头不见抬头见，还是和为贵。"

闹了多少天的纠纷一朝破解，李桂生的感悟就一句话："要人家信你，首先得和他亲近，想人所想，急人所急。"

村民陈长清，找到村里反映，政府发放的人居环境改造补助费1700元，他一直没拿到手，怀疑中间被人"卡"了。李桂生劝陈长清莫急，他先到镇里查找底账，来回几次，终于弄清了原委：钱被打到镇里另一个村与陈长清同名同姓的村民账上了。那位村民起初不认账，李桂生反复上门讲清利害关系，最后，终于让这笔钱物归原主。陈长清激动得不行，逢人就说，往后不管大事小情，都要相信政府相信干部。他们心里有我们，没有什么解决不了的矛盾。

从农民那里了解矛盾的根源始末，又同农民心贴心一起化解矛盾，李桂生渐渐养成习惯，把村组里各种矛盾分门别类记成日志，提醒自己记着去化解和处理。2019年6月13日的日志上，他这样写着："一、顺江组的矛盾主要是拆迁安置的问题；二、铁槽组的矛盾主要是刘昌杰的山林纠纷；……"我说，"你这日志活生生像本'矛盾论'"，李桂生笑答："帮群众把矛盾化解了，他们的笑容像是对我的奖励。"有时间，我真是要把这些故事梳理一下，认真论一论。

这样的故事，桃竹村支书兼村委会主任杨存波那儿也能讲出不少。

2015年修建旅游公路，顺江组27户人家拆迁安置问题被拖成了"老大难"。易地安置的村民在得到货币补偿后，还认死一个理："当时你拆我多少，修新房就要还我多少！"村里和镇上却绕不开政策底线，要按农村宅基地管理办法安置。两厢不合，渐渐就扯起了皮，三四年时间没得个将息。杨存波回忆，闹得凶的时候，每周都有十来个村民找到村委会，时不时还要闹上镇里。

刘樊书记带着杨存波去摸底，心里渐渐有了数：原来看着大家闹的都是拆迁安置问题，其实各家情况又不一样。有底就有对策，共性的矛盾，一方面讲清政策底线，另一方面尽可能解决实际问题。个性的矛盾，那就要因户因人施策，完全个性化处理。

村民罗吉乾，老两口地被征房子被拆，自己搭起木板房居住，还带得有孩子，是千真万确的困难户。划分新建房宅基地，就力排众议，坚决按120平方米解决。村民孙云芳，在习水县城租房打工七八年，把自家破烂的老屋拆了，属于无房户。镇上为她安排了生态移民房，因没有按时入住又被取消资格。今年，她向政府提出解决住房问题。干部们到她家和村里走访多次，确证无疑后，全力帮助她申请无房户建房基金。现在，孙云芳在建的新房已经初显模样。

刘樊说："农村经济社会发展到一定程度，显露出一定社会矛盾，是好事还是坏事？我看是好事。它会倒逼着我们去改变工作作风，去加强同群众的联系，知道他们需要我们去解决什么问题，学会用正确的方式保护他们的切身利益。"

心里装着群众，化解群众在发展过程中出现的纠纷和矛盾，再难也不是难题。习酒镇的一组数据，为这个观点做了注脚：2017年全镇信访数217件，2018年196件，2019年年初至今，只有33件。与信访率下降同步，全镇治安案件发案率也下降20%以上。

2019年7月16日

» 华君书屋里的文化梦

去习水，一路上，我几乎没有太多注意到同行的一个人。

只知道他叫傅宇坤，约莫70岁光景。老家在习水，是省农行退休职工。傅宇坤说话声音十分嘶哑，不仔细听，就听不清楚他到底说了些什么。

2019年7月14日中午，车子弯弯拐拐进了习酒镇黄金坪村傅家田村民组，老远就看见"华君书屋（赤水河乡村振兴陈列馆）"的标牌，立在一幢楼房上面。傅宇坤是这个书屋和陈列馆的主人。

书屋一楼，十多个乡村学童围坐在长方桌前，在老师的指导下写毛笔字；习字的，还有当地一些村民。边厢几间房子，一架架书柜里书放得满满当当，信手一翻，天文地理、文学历史、实用技术，五花八门，应有尽有，远胜我见过的一些小型图书馆。傅宇坤用嘶哑的嗓音告诉我，这里藏书有28000多册，多半来源于社会人士的捐赠。再往二、三楼走，便是陈列馆。楼梯上摆放着带有泥土的犁铧，一间间房里，是现实生活中越来越少见的旧式家具、往昔农村生产生活用品，大到床柜，小到提篮，400多个品种1000多件藏品，古朴而陈旧，散发着不寻常的历史人文韵味，仿佛要把人引领到久远的年代、纯真的农耕生活氛围中去。一边看一边讲，傅宇坤仍然嘶哑着嗓子："收藏和展示这些东西，是想让更多农民子弟不要忘了耕读传家的古训。"

书屋和陈列馆将近400平方米，是傅宇坤经过改造的老屋。在偏远的山乡里，突然看见这样一处荡漾着文化气息的所在，我不禁朝傅宇坤多看了几眼，开始对这位起初没太注意的老人肃然起敬。

傅宇坤早年间在习水县做过乡镇干部、农行行长，后来因为调省里工作才离开家乡。

人走了，心却留在故乡。乡愁在傅宇坤老人脑中挥之

不去。

乡愁是什么？傅宇坤说，一是家乡人盼望改变贫穷落后面貌的心情，一是从小养成的习惯——爱书如命。

小时候，读书真难！六七岁时，读小学要走五六公里山路。读中学，从家里到学校距离有40多公里，住在学校里一个月只能回一次家。回家和返校的路都不顺，夏天在河边走，脚上没鞋穿，走快了人累，走慢了脚烫。生活那才叫艰难，青菜收了吃青菜，南瓜结了吃南瓜，一吃就是几个月。一个月吃不上一次肉。再难也要读书，可命运偏偏开玩笑。读完初中，碰上"运动"，学是上不成了，但他没有丢书。"别看我文化程度不高，书可没少读。很多书我不是在学校读的，而是在床上躺在被窝里读完的。"因为爱书，他逐年积累下来的藏书有五六千册。傅宇坤理解的"耕读传家"，不是简单的四个字，那是藏着他青少年时代痛苦和快乐的活生生的经历。

7年前，一次肺癌手术让他伤筋动骨，嗓子的嘶哑也从那时开始。夜深人静，他扪心长思：自己都到阎王爷那里走了一遭，这一生说过去就过去了，我到底该给后人留些什么？他想到了书，想到了文化，想到了乡村里越来越被冲淡的农耕气息。

时下的农村，年轻人一批批进城打工，大片田土撂荒。物质生活条件好了，精神文化生活却显得空虚。"我们读书时，听说大学生们会把麦苗认作韭菜。现在我还真碰上了这样的事情。"傅宇坤的孙女在贵阳出生，在北京长大，高考600多分进了重点大学，回家来看望爷爷。这个在城市长大的农家后代，对农村生活也很陌生。

"不是有句话说，忘记了过去就意味着背叛吗？农村这些年脱贫攻坚很见成效，但精神脱贫的任务还相当重。农村文化是有根的，振兴乡村文化就得从根本上抓起。为传承农耕文化提供记忆材料，用书本和书法为农家子弟打开知识的窗子，这些事，我能做，也该做。"

说了就干。华君书屋、赤水河乡村振兴陈列馆在傅家田应运而生，而且越办越红火。

钱从哪里来？

傅宇坤举全家之力了却心愿。

他本人拿出部分退休金。弟弟傅宇伦，原是习酒厂职工，退休后到贵阳定居，为书屋的事没少费心，因为哥哥身体不好，不少事都是他出面张罗。傅宇坤老伴70多岁，是个文盲，又是家庭妇女，但傅宇坤为书屋花钱她从不心痛。多次陪着回乡，一起整理书籍、收拾藏品，而且把后勤的任务全包了。孙女从北京回来，拿出1200元压岁钱，买纸买笔，陪爷爷一起送到书屋。儿子、儿媳，女儿、女婿，要钱出钱，要力出力，他们的话意思都很相近："帮老人家实现心愿，也是我们的心愿。"

傅宇坤的朋友故旧和很多原本不认识他的人，被老人家一片热心感动，伸出援手。书屋里二万八千多册藏书，不少是你十本我二十本，通过捐赠攒起来的。一位事业有成的企业家，把书屋工作人员的餐饮费用包了下来，帮了傅宇坤一个大忙。

人从哪里来？

都是志愿者。

书屋负责人陈雪飞告诉我们，书屋3位主讲老师和七八位辅导老师，为学生上课，分文不取，他们要的是把知识传授给山里孩子的那份乐趣。

在书法班现场，我们见到了主讲老师曾凡平，他是县里回龙镇司法所干部，县书法协会会员。曾凡平说，自己是被傅宇坤老人一片乡愁之心感召而来的。书法是传承农耕文化的一种好形式，他每天只要挤得出时间，都会上这里带学生。他的几位助手看着远比他年轻，18岁的陈洁，高考落榜，想考的就是书法艺术专业，他与曾凡平亦师亦友，在华君书屋讲学，教人家自己也学怎样做人。任红、王博，一个正在上高二，一个高中刚毕业，心境也与陈洁相通。

学生都是谁？

村里村外的学童。

因为房屋面积有限，一开始只想招收20人，没想到一来就是五六十人，只好分成上午、下午两个班。办班主要解决乡村学生学校放假没处玩没处学的矛盾。

在书屋里，一对叫易爽薪和易爽艺的双胞胎女孩引人注目，她们来自李子村民组，今年只有12岁。放暑假，两姐妹刚来上了6天学。"你们为啥来书屋度暑假？""爸爸说，学好毛笔字，就等于知道了中国的好多传统，我们干嘛不来这里过暑假？"爸爸易思帅是个乡村小学教师，话里又多了几份深沉："小孩知道了传统才明白现在和将来的使命。传统引导我们想当年生活的不容易，为打造新生活增加动力。"

华君书屋近期准备启动成人培训班，传授产业发展和经营管理方面知识，还在筹划开展书法比赛，把农村文化这把火真正点起来。

傅宇坤知道，要把书屋办成农村文化脱贫的阵地，仅仅有热情还不够，要讲科学，要立规矩。书屋开办之初，他们专程到江西白鹿书院、长沙岳麓书院、四川眉山三苏祠观摩学习，为的是把传统文化的精髓与现代文明的精华杂糅融合，形成新的学习氛围。

实施乡村振兴战略，傅宇坤又动了新的念头，能不能在现有书屋和陈列馆的基础上，创新建立起乡村振兴文化示范点和新时代党员群众讲习所。教习学子、收藏展览、宣讲政策、文化研究、活动交流，都能在这里浑然合为一体。

　　甚至远景还可以考虑，专题培训、专著出版、定期年会，那时候的小小山村，文化气息会厚重得让人着迷。

　　傅宇坤用他嘶哑的嗓音讲述自己的文化梦，我听着却如洪钟震耳。他本不高大的身影，却让我产生了关于山的联想。

2019年7月17日

» 把法"种"进农民心里

温水镇是习水县的"旱码头"。

它距县城只有30公里，离重庆市也不远。当地有种说法：赶早去重庆涮个火锅，擦黑还能回温水吃上羊肉粉。脱贫攻坚加快了镇上的发展速度，再加上交通便利，整日里车来人往，物流、信息流涌动，像道风景线，成了温水镇生活的常态。

繁华热闹让社会管理矛盾凸显。

法治扶贫，这几年都是温水镇脱贫攻坚战斗中的重要主题。习水县法院帮扶脱贫攻坚的主战场，就在温水战区。

温水镇党委副书记、政法委书记黄河，今年"七一"被省委定为全省脱贫攻坚优秀党员进行表彰。年轻人说话有条有理："我看温水镇的法治扶贫，靠的是县法院帮扶党员、干部，镇村党员、干部和吸纳了多方社会力量的'五支队伍'形成合力；靠的是情法交融、法理并举，软硬两手一起上，让法治观念在不知不觉间进入农民日常生活，有效地影响了他们的行为举止。"

基层治理状况如何，对检验法治扶贫成效有"一票否决权"。

这一票能不能拿到手，党员和干部是"关键少数"。温水镇评定出75户"党员示范户"，一项重要示范内容，就是带头学法用法做表率。

2019年7月14日，黄河书记在带我去罗汉村的路上，讲了一个小故事：他上娄底村为老党员袁昌学挂"党员之家"标识牌，袁昌学家门口已经有很多荣誉牌，老人家却一定要他把"党员之家"牌子挂在其他牌子上面。袁昌学说："党员的牌子比什么都重，挂在门口就是亮出我的身份，脱贫攻坚、乡村治理，我都要树形象、当标兵！"

政策法律宣讲队、矛盾纠纷调解队、群众困难帮扶

队、基层党员先锋队、文艺宣传表演队是基层法治扶贫的五只主力队伍，党员干部是内中骨干。"高大上"的法治理念接了地气，宣讲、学习、应用的效果就都不一样。

县政法委的干部刘喻，是与我相识多年的诗歌爱好者，她曾牵头整理出一本纪实报告集——《说说扶贫路上的那些事》，讲的就是县法院的法治扶贫。我在书里看到这样的生动场景：

温水脱贫攻坚战区椅子组包组干部张亚林向战区群英村副指挥长、县法院党组成员石建军汇报：椅子组农户穆某某老人，5子1女外出务工，多数子女不尽赡养义务，在当地形成很坏的影响。石建军当即决定，到组里来召开群众大会，现场说法。

石建林讲法，选择了老百姓爱听的形式：你们看，孝字拆开来，上面一个老人，下面一个小孩。小孩是跪着的，中国汉字都这样写了，中华民族的传统美德就是这样，子女就该向老人尽孝。孝就是老与子的关系，百善孝为先，一个不尽孝道的人，如何与邻里相处，如何对国家尽忠？一席话讲下来，没有大道理，但村民都听了进去。他接着再点火升温：若老人的子女再不尽赡养义务，将按相关法律程序，帮助老人申请法律援助，采取法律手段严厉惩处。群众听得拍巴掌，都说法官批评得对。老人的儿媳妇当众承认错误，表示今后要尽心尽力善待老人。

这样的法治扶贫宣讲，在温水镇进行了不止一次两次。黄河说，我们的宣讲，把法、情、理三者融为一体，尽量拿老百姓看得见、碰得上、听得懂、记得住的例子来说事，该软的时候软，该硬的时候硬，群众能够接受，受到触动，成功率很高。

下坝村、大水村分别有两起子女不孝敬父母的案例。巡回法庭到村里公开审理，依法进行处理。开庭头天晚上，一个当事人找到黄河，要求手下留情，今后一定做孝子，开庭的事就请免了。黄河坦言：这事可不能依了你，我们要用你的事警醒大家。他认为，对农民进行法治教育，讲太多道理，人家听不进，也记不住，活生生的事实最有说服力。公开宣判后，怎样尽孝，在两个村的年轻人中间成了热议话题。

以事说法，就事论理，成了温水镇法治扶贫的重要手段。

温水镇人爱吃火锅，有农民顺手种下几株罂粟，为的是火锅有个好口味。禁毒法律宣传进了村组，抓住这件事不依不饶。当事的村民头上冒出冷汗："这些禁毒法律法规，过去从没听说过，也不觉得我这样做是犯法的事，真的谢谢你们，一棒把我敲醒。"

以退休村干部、乡土知名人士为主组成的矛盾纠纷调解队，处理事情既讲法又讲理，更重情。他们知道，老百姓有矛盾纠纷，不一定希图最终得到多大利益好处，只不过是找机会宣泄情绪，想借此引起关注，让你同他沟通。调解队的对策也就因地制宜：一方面尽可能找到解决办法，另一方面提醒农民，纠纷矛盾久拖不决，又不依法依规处理，到最后可能会承担法律责任。农民得反复掂量法律风险，很多纠纷矛盾就找到了化解路径。

一位五保户老人去世，丧事怎么办？群众困难帮扶队一方面协调企业承担后事费用，另一方面实际兑现移风易俗、节俭办丧事理念。一个实例影响了一片人。

罗汉村是温水镇的"城中村"，"滥办酒席风"曾经刮得人心痛。搬家、上房梁、小孩满月、红白喜事都要请酒，生日宴从30岁请到60岁。每台酒席少到四五十桌，多的上百桌，村民不堪重负。刹住这股风，不光要靠法律法规约束，村规民约也得派上用场。2019年春节，中心村民组集体吃年夜饭，组里拿出"十要十不要"村规民约，家家户户当场签字保证"照章办事"。这种做法被迅速推向全村，不仅让滥办酒席失去了市场，而且对各种社会不良风气也有遏制作用。村支书穆丹说，用村规民约来对付不良风气，可以看作因地制宜、适应民俗、顺应民心开展法治扶贫的好办法。

因为行程急促，我无法见到县法院在温水镇进行法治扶贫的帮扶干部。只好在刘喻的书中与他们"见面"：

帮扶干部、执行法官李小刚，性格说一不二、爱憎分明。认定是正确的一定会据理力争，确定是错误的就勇于反驳。他的性格与名字太吻合，我们都喊他"刚叔"。

一次，在村办公室，一个已经享受到了扶贫政策，却还想要更多钱的农民跑来大吵大闹，死活不走，又不听劝。被刚叔既态度强硬又有理有据地一一反驳，最后说得他哑口无言，心服口服地离开。

在院里负责审管办工作的温利春老法官，极具亲和力。平时，他吃住都在村民组，村民与他有说有笑，家长里短无话不说，争着请他去自己家吃饭。温叔在赶不回驻地村时，也会接受群众的邀请，但每次都悄悄把饭钱放在群众家。如果村民看见了死活不收，下次上山走访时，他总要带点小礼物回馈。眼看着老百姓日子一天过得比一天好，温叔夸山里的村民民风淳朴、思想单纯，村民们则赞扬温叔为人公正，处处为老百姓着想。

开展法治扶贫，为温水镇脱贫攻坚增加了受到群众欢迎的实在内容。群众从身边事、身边人知道了法律法规与自己生产、生活的关系，懂得了依法办事、依法做人与靠信心、靠勇气、靠知识、靠技术脱贫致富同样重要。其实，这就是一种高层次上的精神扶贫。在法治扶贫的进程中，群众逐渐把干部当成了自己人，一步一步地和他们心贴心。法治扶贫，让干部从另一个角度，去认识群众利益无小事。法治扶贫，让群众知道，脱贫致富奔小康，依法办事与自己的生产生活须臾不离。

干部和农民是法治扶贫的主体和受众，在温水镇法治扶贫的过程中，干部群众都有讲述不尽的故事。他们的感悟，对我们是一种难得的启迪。

2019年7月18日

» "道德超市"的特殊魅力

大田是关岭自治县沙营镇的深度贫困村。2018年5月间，一个消息让村民们感到新奇又兴奋："听说村里要办一家超市，而且进去买东西不用钱。"

这可当真？

2018年5月13日一大早，人们一拨拨地赶到村民广场。嘿，村民活动室"道德讲堂"隔壁，果然有一间大房子被收拾成超市模样。几排大货架上，摆放着油盐酱醋、锅碗瓢盆、食品饮料、洗涤粉液等几十种商品。有人乐了："这都是居家过日子用得上的！"又问价码，也都适中。

一位新闻记者记录下接下来的场面。

贫困户张广华拿着个化肥包装口袋，挤在最前边，焦急地向村支书徐代惠发问："徐书记，超市里的东西到底要不要钱？"

徐代惠把一干村民拦在超市门口："大家听我说，超市里的商品，确实不收钱。但想从超市里拿走东西，得用别的东西来换。"

"什么东西？"

"道德评分！"

这位年轻的选调生、女支书站在刚刚挂起的"大田村道德超市"牌下，微笑着讲开了个中因由："我们按照'以奖代补'原则，对大家平时的道德表现进行评分。你们得必须做到100分的满分后，再每得1分就相当于得到1块钱，然后用积分来超市换东西，村里农户，只要在家，都可以参与。"

那天，张广华的化肥口袋里只装回了一张"道德超市"评分表，同时也对超市里最贵的商品——复合肥的"价码"有了底：要用160分来兑换。接下来的日子里，张广华大爷的生活像有了新目标。他逢人就讲："打扫好自家的卫生，种好自家的地，养好自家的牛，孝敬好自己

的父母，处理好家庭和邻里关系，这些本来就该我们做的事，现在做好了还能得分换商品。大家都争着做好事，我为什么不做？就算不希图那些个商品，我也得希图自己的脸面！"

"道德超市"，开张就抓住了人心！

2018年6月，关岭召开现场会，观摩推广沙营镇经验。随后，决定将试点在全县范围推开，"道德超市"陆续在全县100多个村和居委会建起。道德评分，组与组之间、户与户之间相互对比，集体荣誉感、大局观念这些本来似乎与农民关系很远的概念，悄然进入日常生活。村民小组每周定期公布"道德超市"评选结果，像张广华这样的农民就越来越多：咋个都得争个脸面、争口气！以分换物，又让农民有实惠感、成就感。这样一来，群众对超市的支持度和参与度不断上升，而且都是自觉自愿，村民自治的要求通过"道德超市"一步步落到实地。

关岭县委和县政府主要领导同志认为，建立"道德超市"，把无形的"道德"量化成具体的评分，再把评分兑换成实实在在的商品。用接地气的办法，让群众从内心接受道德评判的标准，激发他们参与脱贫攻坚和乡村治理的内生动力。这是一种切合农村工作实际、有效推进脱贫攻坚、主动衔接乡村振兴目标的新探索。

关岭县委常委、宣传部长王敏，一直具体主抓农村精神文明工作。她说："有了'道德超市'，扶贫先扶志、扶贫要扶智，深化乡风文明建设，这些事都有了一个实实在在，可以统得起来的抓手！"

"道德超市"里有多少精彩故事？2019年8月8日，我们在大田村见到了沙营镇党委书记杨秀云，听他讲"道德超市"从无到有、从试点到推广的历程，让人不由得对基层干部群众的创造精神肃然起敬。

"创办'道德超市'，是对脱贫攻坚形势发展需求的主动因应！"杨秀云开门见山第一句话，就很提神。

2014年以来，沙营镇全镇投入基础设施建设的资金有上亿元，产业发展也找到了有效的路子。用老百姓的话讲："吃穿基本不愁，道路大半修到门口，好房好舍组组都有"，物质生活一天天好起来，精神生活质量却令人担忧。有人"等靠要"，脱不了贫只怨政策没有兜底；有人不比自己努力，却比谁家获得多少政策支持。滥办酒席、

赌博闹事、重男轻女、为子不孝……这样的事,走进村组,听到的,看到的,就不止一例两例。一些村寨环境卫生和村民家庭卫生"脏乱差",鸡、鸭、鹅随意放养,禽、畜粪便四处横流,尤其让人既烦心又揪心。

杨秀云一次次亮明自己的观点:"这些陈风陋习不除,谁都不能大言不惭地说让沙营镇老百姓过上好日子这话!"怎么找到破题之道?杨秀云说这不难:"问题再多再难都不怕,怕就怕我们这群'活人'被'死问题'吓趴!"干部们爬山越岭,进村入寨,与群众拉家常,开"院坝会""田坎会";组织人去外地学习考察。功夫不负有心人,终于,在县里的大力支持和关注下,"道德超市"的设想渐成雏形。核心就是:让群众通过自身的一言一行,以"德"换"得"。关键不在于得到什么物资,而是得到一份公正的评价。用"道德评分"这种形式,增强群众的荣辱感、竞争感,要达到的目的,就是激励所有村民参与脱贫攻坚和乡村振兴的精气神。

道德范围很广,道德评分先从哪里入手?农村环境和家庭卫生事关每家每户,头一脚就从这里踢。

开办"道德超市"要有先行者,杨秀云们逆向思维:办这新鲜事不能走寻常路。既然初衷是要解决农村精神文明建设中的现实问题,那就不该"由易向难",而要"向险而行",在问题最突出、情况最复杂的地方,没准儿"道德超市"会更快更好地成长、成熟。有了这样的思路,曾因卫生不达标"吃过黄牌"的深度贫困村大田村,就成了全县第一个"道德超市"试点的首选地。

都说凡事"头三脚难踢",杨秀云、徐代惠觉得难踢的远远超过三脚。

听说可以凭道德表现评分兑商品,有人不屑一顾:"你那点东西我家都有,费劲巴力得到值不值?"还有些出了名的"酒鬼""懒鬼"甚至放话:"我才不会被这点小利收买哩。"

且看杨秀云、徐代惠和团队怎样破解阻力!

把积分评得公平、公正、公开,自然就有权威性,相信和参与活动的人会越来越多。

好!村、组干部义不容辞地担起组织评选的重任,村民组推选出5名共产党员、寨老族老、离任村干部参加评议小组。每次评分结果在村民小组公示,对一些后进家庭的不良生活习惯曝光。还建立"红黑榜",积分最高和最低的家庭,都在榜上公布。

让越来越多的村民知道,道德规范不是与己无关,而是方方面面都事关自己。这样,干部的意愿与群众的行为就会合拍。

一些举措专门为此设计。针对一些"特脏户",村里会采取特别的宣传动员方式督促其打扫;对参加院坝会的群众、知晓"道德超市"相关政策的村民,除了赠送小礼品,还要给予相应的奖励加分;居住在边远村寨和行动不便的老人,每次积分兑换时,村委会送奖励上门,用大喇叭现场公布分数。一来一去,村民看待"道德评分"高低的心态变了,渐渐跳出了多换或者少换一些商品的框框,并视为对自己行为举止、文明素质的综合评价。贫困户和非贫困户都参加评比，不像以往一些评比，奖励只能花落几家，也在一定程度上缓解了脱贫攻坚过程中出现的心理不平衡问题。

事实上，"道德超市"评分范围，早已经超出了初始。

2019年8月8日下午，在炎炎烈日下，大田村驻村帮扶干部李孝丽指着宣传墙上一张表格细细而谈。这表叫脱贫攻坚"道德超市"助推"乡村振兴"评分表。评分内容包括五大类三十多项：遵纪守法、勤劳致富、家庭卫生、移风易俗、孝老爱亲。见义勇为、助人为乐、积极参加村组开会，踊跃加入合作社，保持家庭和环境卫生，婚丧嫁娶按规定办理酒席，主动赡养老人、夫妻和睦、邻里和谐都有加分，反之就要被扣分。

李孝丽和陪同我走访的县委宣传部副部长王福松、驻村第一书记马永祥、沙营镇党委组织委员王俊有个共识："道德超市"评分涉及乡村生产生活的方方面面，实际是推进乡村治理的"舆论场""竞技场"，让农村道德建设有"镜子"可照，有"尺子"可量，有"标杆"可比，目的在于让向上向善渐成风气。活动对了农民的心路，群众广泛欢迎和踊跃参与是大势所趋。老支书张克怀、村民三组组长张克阳，则给我们提供了不少鲜活的实例。

大山里的农民重面子，谁愿在比试中输给别人？你能够通过实干拿高分，我为什么不能？

张克凤是村里出了名的"酒鬼""懒鬼","道德超市"让他明白了勤劳才会受人尊重,现在整个人变了样。村民张克华是养殖户,过去牛羊粪便随地排放,引发群众不满;现在只要放牛放羊,就会拿着铲子对粪便随时处理。他们说,"道德超市"越办越红火,再让我们丢人丢不起!

杨秀云还言及一种现象,推进"道德超市"和促进产业发展,正在形成良好的互动关系。一则道德评分激发了群众谋发展的内生动力,一则"道德超市"在全县推开后,目前,经费主要来源于财政和地方自筹等单位支持,"道德超市"要持续发展,给通过发展产业壮大集体经济提出了新课题,集体经济强大了,"道德超市"才有长久生命力。

"道德超市"在关岭全县推广后,各乡镇村因地制宜,又出现许多新亮点。岗乌镇新发村探索"三问三比三带头"模式,核心是让群众干的事情,党员、干部要带头示范。普利乡月霞村把规范环境卫生写进村规民约,道德评分更接地气。断桥镇"道德超市"兑换点直接设在城镇超市里,方便农民赶场时兑换,群众选择面更宽,满意度更高。

怎样评价"道德超市",如何推进"道德超市",王敏部长有话要说。

担任县委常委、宣传部长以来,她一直认为乡村精神文明建设、乡风文明示范、扶贫要扶志乃至乡村振兴等重大工程，要害处还是解决"抓手"问题。什么是"抓手"？说白了，就是上上下下都接受、都欢迎的有效切入点和有效形式，关岭县的领导同志和干部群众始终把它当成必须费心费力抓好的大事。没有县里的主导思想和重视支持，不会有"道德超市"的成功试点和面上推广。目前，"道德超市"建设已经纳入全县目标考核内容，发展产业才能彻底解决"道德超市"经费问题也成为广泛共识。王敏说，"道德超市"本来就是脱贫攻坚这场社会大变革中应运而生的产物；变革的延续，会给它增加更多的新鲜内容和无尽活力。

2019年8月13日

》 "独臂女干部" 的生命星空

　　27岁，不啻是一个漂亮女孩的人生花季。可在这样的年华，张兴燊感受到一阵阵抵挡不住的寒意。

　　2013年2月，在厦门一家企业做管理人员的她，回到家乡关岭自治县沙营镇纸厂村过春节，意外突如其来，一场车祸夺去了她的右手。危难时刻，丈夫留给她的不是患难与共的相守，而是一纸离婚协议和刚刚满月的儿子。

　　第一次手术后，张兴燊在朦胧中接到公司老总从厦门打来的电话。

　　"你什么时候回来啊？"

　　"回不去了！"

　　这四个字，她是流着眼泪说出来的。

　　手术第二天，苏醒过来的张兴燊发现了身体的异样：右肩被厚厚的纱布包成一团，右手却找不着了。她脑子里一片空白，不知何时，身上那些输液管被自己一根根拔掉。生性爱干净的姑娘，踉踉跄跄往卫生间走。她想洗洗手，结果被水泼湿了一身。家里人和医护人员愣住了，泪水湿透了张兴燚的衣襟。

一年后，她做了第二次手术。

这忽然转折的人生路，张兴燚会怎样走？

2019年8月8日，我们在纸厂村见到33岁的张兴燚，她已是这个村的村委会副主任，人称"独臂干部"。"独臂干部"说话透着血性。

"你最困难的时候，好心人只能给你递上纸巾；擦干了眼泪，以后的路还要靠自己走！"张兴燚说，她没想到，跨上脱贫攻坚这个平台，缺了右手的人生道路会越走越顺。

坚强后面，其实藏着思想的波涛起伏。从第一次手术到第二次手术的一年时间，她心里一直为将来的道路选择着急。

去给在广东跑生意的父亲寄包裹，在邮局里，她被难住了：左手不便不得不求助他人填单，可碰到的多是不解和猜疑的眼光。终于有好心人帮了她，寄完包裹，她在泪光中发誓：一定要靠自己找回失去的右手！

张兴燚练起了十字绣。初心不是要拿出多么精美的作品，只是想把左手练成右手。可她用半年时间完成的这幅名为"琴棋书画"的绣品，却让人看出了美丽：盛开的鲜花，飘飞的蝴蝶，或弹琴，或看书，或下棋的女孩子。张兴燚在美丽中悄然说着自己的心愿："我用一只手也要活出漂亮的人生。"

各种机缘叠加，就成了机遇。

十字绣绣到一半，她去村委会上了班，成为村里的计生专干。

曾经在张兴燚最困难时给予帮助的县妇联主任罗顺珍，恰好帮扶纸厂村。她知道张兴燚中专学的是办公自动化，给村里负责人打了"招呼"："你们村不是有个一只手的姑娘吗？电脑打得好，村里不正愁找不到会电脑的人，找她不好吗？"村支"两委"也正在物色这样的青年人，同时也想在危难时刻帮她一把。张兴燚本人更不想闲着度过后半生。一个巴掌拍不响，几只手握起来容易形成合力。有了这股合力，张兴燚成为纸厂村唯一的女干部。

纸厂村脱贫攻坚指挥长、驻村帮扶干部熊国营知道这个倔强女人当干部后的很多甜酸苦辣。面对村里一再希望她申请纳入贫困户或低保护的建议，她的回答直截了当：

"谢谢了！我手残，可意志没残！不要看我只有一只手，可我要靠它养活自己。把指标给更需要的人吧！"

用左手写字，手不停发抖。靠单手敲键盘，键盘不听使唤。数不清的苦和累之后，她成了纸厂村最熟悉电脑的村干部。熊国营说，我们有时半开玩笑称小张是"一专多能"。她主动承担起建档立卡贫困户"一户一档"资料整理归档和村里"三保障"（教育、医疗、住房）、基础设施建设、电脑培训等方面具体工作，"职责范围"远远超出计生专干。别人认为她是"新官上任三把火"，年轻干部劲头足。她私下也会和同事们说说"私房话"："其实我也很累。为什么要累？不就是为了证明，一只手也能撑起生命的天空！"

2017年，纸厂村决定大力发展种植产业，规划流转1500亩土地，1200亩种刺梨、300亩栽饲草。脱贫攻坚大舞台，向这位"独臂干部"展现出更大魅力。她知道，品味魅力必然有更多苦难的磨砺。

"没啥多想的，我要继续担当，继续飞翔！"

要让1200亩土地长满刺梨树，资金从哪里来？"7名村干部带头到银行贷款入股成立合作社，我第一个跑去贷了5万元。"

光有钱不行，困难还在一堆堆地等着她们。有的村民土地丢荒十年二十年，但怎么说也不愿拿出来流转。去做这些老乡的工作，有时花上两三晚时间还"攻"不下"关"。张兴燚只好带头丈量了自己家7.5亩的土地去流转，尽管父母满腹疑虑。

土地流转难，把流转来的土地平整好更难。多年不耕种的地里，杂草灌木疯长得快比人高，清除它们得花上不少时间。张兴燚知道有百多双眼睛在盯着她，看这个"独臂干部"在难题面前到底有多强的战斗力。"拼了！"她短时间内学会了使用割草机，除草、挖坑、种树，啥活最累、最苦，都是她先干。山上泥泞路滑，摔倒了，她执意不让别人扶，硬撑着爬起来。一个月时间，她在山上刮坏了两件衣服，成了张兴燚用一只手体现人生价值的见证。熊国营不胜感慨："小张太拼了，这就是个'幸福都是奋斗出来'的鲜活例证。她用仅存的一只手除草刨坑种树，别人哪还好意思偷工混日子？"

丢荒的土地变了样，漫山遍野是青翠的刺梨树。纸厂村栽下的刺梨，成活率达到90%，明年就会产生几百万元的收益，而在林间套种的乌芋已经产生了效益。村里那些当初挤兑和嘲讽她的人，也开始伸出大拇指。

张兴燚刚刚从痛苦中走出来，闯自己人生新路时，并不是人人都善待和理解她。风言风语免不了刮进耳里："凭哪样你一只手可以进村委？""你一只手又能干成哪样事？"那稿村民组贫困户罗国昌是出了名的"老顽固"，经常与村干部"唱反调"。一见到张兴燚，他就会用"一只手""一把手"等语言相讥。

张兴燚不记恨这些村民，她想实实在在走进他们心里。曾经的人生悲剧，让她懂得要珍惜自己的生命，也要努力让别人的生命活出意义。

她了解到，罗国昌虽然年纪较大，脾气也刁，但平时乐于助人，在村民中有些威望。推选村民小组长，她推荐了罗国昌，还让他去参与产业基地管理。罗国昌家脱贫后，对过往的不敬之举愧疚不已。再见着张兴燚，称呼就变成了"张主任""小张"。

村民张桂平常年在外务工，听说"有政策来了"，又拖家带口回来"争当"贫困户。因为不符合识别标准，有些政策根本无法落实。张兴燚对他"两手抓"，一是上门宣讲政策，一是帮他解决具体问题。知道张桂平家确实存在住房不安全问题，将其纳入老旧房整治范围。住房修缮完工后，张桂平专门请人写下几副感恩党和国家的对联贴在门窗上。他说，要讲谢什么具体的人，首先得谢张主任。

"我是从大难中走出来的人，自然也就成了有大爱的人！"

张兴燚这番话发自肺腑。村干部、村里群众随口就能举出一串实例。

纸厂组贫困户李国林，突发重病口腔出血不止，医院明确不收治，建议送回家准备后事，家里把棺材都抬出来放在门口，只等人落气。张兴燚力主必须救治，通过医疗保障专班协调，李国林住院十多天基本康复回家。几位上了年纪的村里人当场夸赞道："小张从阎王手里拉回一条命！"

贫困户秦国仁，一家十口人，生活十分艰辛。刚满10岁的三孙女秦江会打算辍学帮爷爷奶奶干活。张兴燚一听毛焦火辣："这万万不行！"她晚上去秦家做工作，白天上县红十字会协调生活和学习用品，终于让孩子返校学习。村里干部介绍，像这样因家庭贫困被她劝返校园的儿童有十多人。

站在一片绿意的产业园里，张兴燚吐露心曲："在生命的低谷期，我不等不靠不要，是想凭着一股志气，靠着一只左手，活出个样子。现在，我是要用自己'凤凰涅槃'的实例，鼓舞群众朝着脱贫致富的大道走！"

生活的际遇，让她悟出"真心为人、真诚待人、真情动人"的群众工作窍门。她真正懂得了，要让群众跟你走，就得以心换心。

张兴燚说，没有党，没有组织的关怀，就不会有自己生命中的"第二春"。"脱贫攻坚让我实现了自己的人生价值！"2018年7月，她成为一名中国共产党预备党员。

关岭县委副书记韦锋告诉我们，在脱贫攻坚中站立起来一个经得住风吹雨打，能得到群众信任的干部群体，张兴燚就是其中一例，他们是带领群众改变家乡面貌的领头人和主心骨。

帮扶干部吴志明，妻子休完产假就赶回黔西南州望谟县投入脱贫攻坚。他干脆把74岁的母亲和刚满9个月的女儿，一起带到帮扶点坡贡镇坡头村，于是村里传出"祖孙三代一起扶贫""把家安在脱贫攻坚第一线"的佳话。顶云街道包包村老支书刘月学，坚守大山31年，走村串寨路程将近两万公里，终于让老百姓看到道路通了、产业兴了、收入多了、茅草房变成"小洋楼"的美景，全村贫困发生率从44.4%下降到9.94%。

张兴燚、吴志明、刘月学，只是灿烂星河中的几颗星星，但他们却展示着在脱贫攻坚伟大斗争中，既努力改变自身命运，更努力改变群体命运，不屈不挠的奋斗精神。

2019年8月14日

» 关岭牛，"牛"起来

2019年8月9日下午，走进关岭县新铺镇卧龙村。

直射的阳光灼人。这里是典型的山峡地貌，陡陡的山顶、山腰，直到谷底，见不着一块大点的平坦地形。

和同行的人就着村名拉开了话，其实就想解解在炎炎烈日下行走山道的闷："都说关岭县名取自关羽之子曾在这里战斗的传说，又叫关索岭。你这卧龙村是不是也同卧龙先生诸葛亮有关呀？有什么精彩故事，讲讲让我们提提精神！"

卧龙村村支书赵胜学想了想，脸上露出笑容："这我倒真没有怎么考证。可卧龙村现在风光的是牛不是龙，有关牛的故事倒不少。"

没待他继续讲，路边"一幅画"就做了佐证。

齐人高的皇竹草地里，两个四十岁上下的男女农民，正在汗流颊背地割草打捆。男的叫陈永辉，家里原来是贫困户。

都是黝黑皮肤，都是瘦小身形，都一边答话一边不愿放下手中活路。他们说，这皇竹草就是养牛的上好牧草，为合作社割草，一个人一天可收入150元上下。而且草割过了，一年可以再生四五茬，一直能割到11月份。仅割草一项，算下来年收入有6万多元。"这当然比种苞谷不知道强到哪里去了！"陈永辉擦把汗，还带点幽默抒发自己的心情："必须加油干，这一大片地的草在等着我们！有一分代价才有一分收获，干活苦干活累，但我们都有干劲！"种草，已让陈永辉家脱了贫。

镇长罗斌说，像这样的人家户，在新铺镇为数不少。关岭牛的养殖在这里已有几百年传统，可过去牧草靠天然野生，养牛的农民总为冬天缺草困扰。没办法，只得到处放火，促新草生长，有点像"刀耕火种"。县里在脱贫攻

坚过程中，明确把发展"关岭牛"作为主导产业，全镇干部群众应声而动。2017年，开始试种皇竹草，集中圈养"关岭牛"。向荒山要地，养"关岭牛"找钱，成了很合农民心愿的号召。在付出试种不成功和死了几十头牛的代价后，终于在2018年大面积推开。时下，全镇皇竹草种植面积46000亩；农民专业合作社订单式养牛7000多头。养牛不愁销路，种草除本镇消化，每年还向县里供应5万吨，与邻近乡镇签约供应5万吨。

"选择种草和养牛，给新铺镇老百姓找到了一条因地制宜的脱贫致富道路。"罗斌和镇政法委书记、卧龙村脱贫攻坚指挥长李彬有翔实的数据，印证他们的结论。

新铺镇5009户21368人，同种草养牛产生联系的占70%左右。

50—80人在养殖合作社长期务工，月收入3000元以上。

300—500人为合作社临时性、季节性打工，日收入80至120元不等。

更多的人通过流转土地，享受地租收入，最高可达4000多元。

运输、加工等行业相应红火，也给农民带来实惠和收益。

2016年，全镇人均收入6986元；2017年，7797元；2018年，8608元。数字不会说话，但用它们勾画"关岭牛"让关岭"牛"起来的轨迹，或许更有说服力。

沿着一条几公里长、坑坑洼洼的路，我们去了卧龙村养殖农民专业合作社。这道路让人感到有些诧异：不是通户路都建成90%以上了，怎么还有这么差的通村路？镇、村干部赶忙解释，这里同时也是附近高铁的一条施工便道，铁路工程还没完全收尾，所以留了这么个遗憾；不过，路马上就要开始整修了。不知哪位村干部，大概怕我们扫了兴，补充了一句："别看路烂了些，可养殖场不烂哦！"

养殖场是几座串起来的大棚，养着102头牛。除了"关岭牛"外，还有一些"洋牛"安格斯、西门答尔。相较之下，"关岭牛"体形小些，新引进的安格斯牛，就是按县里统一要求，用来改良品种的。

够高大上了吧！可在这养殖场里常年务工的主力，都

是贫困户。

罗斌和李彬介绍，按照县里统一部署，镇上推行牛的贫困户领养牛的制度。签订协议后，贫困户免费领养"关岭牛"，镇里组织技术团队服务上门，约定售后分成。许多贫困户靠勤劳和对幸福生活的向往，把这"无本生意"做活了，而且越做越大。

岭丰村合作社养殖场有牛240头，41户贫困户领养出去四五十头。有的养牛户无地种草，合作社索性划出一片草地由他管理，不愁草和牛的来源，村里一下子出现了养着四五头牛的贫困户。

陪我们走访的关岭县扶贫办副主任、挂职干部文静说，发展"关岭牛"产业是全县布的一盘棋，新铺镇就是其中一颗棋子。"我们县管着'牛'事的'官'不少，索性叫几个'牛官'与你们一聚？"

关岭牛产业发展工作领导小组办公室常务副主任张发友说话带笑，可句句透着认真："县委书记、县长就是县里最大的'牛官'，是领导小组组长，办公室保证专班专人办事。除了'牛办'，县里还有草地中心，负责统筹种草；牛产业协会，规范行业标准；牛投公司，协调引领各乡镇办平台公司。这么多人来下一盘棋，胜算大，那是当然的！"

"草地中心""牛投公司"？见我们神情诧异，张发友说："不忙，他们都有发言时间。"他要抓紧给我们普及一下"关岭牛"的知识。

关岭养牛历史悠久。"关岭牛"是国家级重点保护的78个地方畜禽品种之一，位列省内"四大黄牛"之首，被纳入《中国畜禽品种志》。2016年，成功申报"关岭黄牛"地理标志证明商标和"关岭牛"国家农产品地理标志。

关岭花江牛市1644年开市，已穿越过370多年历史烟雨。20世纪80年代被原国家商业部正式命名，在"全国四大牛市"中占据一席。那时，天天有牛上市交易，吸引20多个省区客商，创下过每年外销15万头的纪录。

张发友如数家珍："'关岭牛'真是关岭的一个宝，脱贫攻坚带来了把这个产业做大做强的机遇。我们的责任，就是把这个机遇牢牢抓在手里，要做就做个样子出来。"他说，这是近几年全县上下越来越趋同的共识。事实也说明，抓种草养牛，在关岭既合天时，也合地利，更合人心。关岭山高坡大，石漠化严重，季节性缺水，但气候条件、海拔高度却很适合皇竹草生长，农民既有养牛习惯，又有通过养牛致富的热情，更重要的是"关岭牛"是我们手中的一块牌子。几者合一，就成为发展产业的动力。

不过，共识要成为行动，离不开科学与谨慎，实事求是，循序推进，仅仅有热情和激情都是不够的。

发展"关岭牛"，关岭县有个"三年振兴计划"。张发友解读，第一个三年，那就是夯实基础。三年下来，全县存栏牛18万头，产值2.9亿元，带动贫困户5316户，利益覆盖1万多人。"说实话,大规模的效益还没有产生,但直接效益人人可见。"种草养牛,带动了农村基础设施建设和建筑行业、运输业,培养出一批专业户,改善了环境,推进了水土涵养。一些经营"关岭牛"的饮食企业"墙里开花墙外红",初步在外地斩获名声。

"80后"黄定恒是关岭永宁镇人,从华东理工大学毕业后,决定转行餐饮,将"关岭牛"等贵州农特产品引入上海,助力黔货出山。他经营的品牌"黔岭牛庄""小牛有约"已在上海办起五家分店,而且还有继续扩容的设想。"关岭牛"火了上海餐桌,对关岭的干部群众都是佳音。"关岭牛"铭品农业发展有限公司在全省拥有8家"煮意煌牛"门店,2018年销售"关岭牛"600头。本土企业花江蓝天白云公司,2019年在贵阳未来方舟开设"关岭牛"火锅店,日营业额上万元,计划在花果园开设第二家分店。

"这才是迈出第一步。"张发友认为,"关岭牛"振兴已经迈入第二阶段:提质增量,扩大规模。让种草和养牛生产、加工、销售几个环节完美形成"一条龙"。为什么要引进6000头安格斯能繁母牛,意在改良"关岭牛"品种。为什么直接面向味千拉面、上海左庭右院、黔岭牛庄火锅店、盒马鲜生等国内知名餐饮品牌建立养殖小区,并同省内外9家高职院校签订精准扶贫产销合作协议,目的就是让"关岭牛"从"养得好"向"卖得好"转变。为什么组建"关岭牛"技术指导服务专家团,把服务直接送进养殖场,就是为了强化"关岭牛"产业发展的技术支撑。

　　"草地中心"全称叫草地畜牧业发展中心。主任罗杰认为，种草和养牛配套发展，"关岭牛"的"牛"起来才有坚实后劲。荒山整治种草，调整种植结构种草，围绕重点养牛乡镇养牛场附近种草，让干部群众都尝到了甜头。2019年，全县种草面积计划扩大2万至3万亩，届时又能带动近万农户。

　　关岭牛投资集团发展有限责任公司简称"牛投公司"，开始我们听成了"牛头公司"。总经理郭国强一笑："叫牛头公司也不错，发展'关岭牛'产业，我们真是家地地道道的龙头企业。"县里筹资3亿多元，就是要通过公司、合作社、村集体和农户的合力，把家庭牧场、农村散养户集中起来，兴办养殖密集小区，走小规模、大群体路子，"关岭牛""牛起来"的路才会越走越快。

　　张发友说，把前两步走好了，第三步就是"关岭牛"大发展。他心里有个小小的忧虑，把大型加工企业在县里办起来，全县养牛的数量满足不了生产规模要求怎么办？很快，他又自己否定了自己："不怕，发展能解决一切问题。"

　　一幕幕生动场景，一个个鲜活人物，让"关岭牛""牛"起来变得活灵活现。我们不禁想起县委书记黄波一再希望我们来看看"关岭牛"的话语。这位县委书记是想让我们在动态中去了解干部群众在脱贫攻坚中因地制宜发展产业的初心、意志、激情和智慧。

2019年8月16日

» "剪"出板贵花椒的春天

俗话咋讲来着：一物降一物！

石漠化严重又兼缺水的深山区，种啥啥难成。有很多让人笑不起来的笑话：一位老农想在山势嶙峋的石旮旯里栽上一百棵苞谷苗，完工之后左数右数只有九十九棵。第一百棵哪去了？转身一看，罩在草帽下面。还有更让人寒心的，苗长起来了怎么也高不过三尺，在不同的石漠化地区，人们看到了几乎相似的画面：山里的田鼠立起身子，甚至不用踮脚，就能啃咬到胡萝卜大小的癞子苞谷。

世纪之交，关岭县板贵乡却创造了奇迹。

花椒偏能适应石漠化的环境，花椒树给荒山瘦地抹上希望的绿，群众由此获得远胜种苞谷的收入。

板贵花椒——带着泥土气息，又寄托着山里人改变面貌和命运愿望的农特产品，在市场逐渐打响牌子。据说，在盛产花椒的一些省外地区，本地花椒掺和上大半板贵花椒卖，价格就能高出不少。

板贵乡已经并入花江镇。板贵花椒，还是那么香气四溢吗？

2019年8月10日上午，花江镇坝山村堡堡上村民组热浪蒸腾，地面温度在37℃以上，坐着都淌汗。这个村原属板贵乡，是板贵花椒的中心产区。村支书兼村委会主任胡勇把我们带到这里，说是要见一个人，他的故事就是这些年板贵花椒发展故事的浓缩版。

从村委会到堡堡上组，山路弯弯盘盘，虽然硬化了，但酷暑天气走路也难。立在山腰上，胡勇指着山脚下远远一块地："看，他叫曾德春，正带着人在打整花椒树，大热的天，我们下去还得走好远，叫他上来吧！"其实，人是啥样，根本看不清。

当地同志说，望山跑死马，曾德春要从那边爬上来，咋也得几十分钟。我索性摸进路边一户农家，与女主人拉

起家常。屋子里晾着一簇一簇的花椒果。主人家一开口就问："你们是来访曾德春的吧？亏得有他，带我们用新方法修整老树，今年的花椒收入起码要翻倍！"

曾德春到底从山坡爬上来了。他一身短打，T恤和花长短裤上汗渍斑驳，一头一脸还正朝外冒汗水。我们诧异，爬这么长的山路，老曾竟没有气喘吁吁："搞惯了。而且现在相信用科学办法修剪和管理花椒树的人越来越多，我们干活也有劲！"

村干部说，曾德春是村里依靠科技的力量，让板贵花椒更显生气的"第一人"，他带头"吃螃蟹"，影响了一片人。

曾德春家种有几十亩板贵花椒，算是先通过花椒致富的村民。2013年，一位重庆客商的话给他当头泼了一瓢凉

水："板贵花椒再不进行植株矮化，不加强田间管理，我看果实只能越结越不好，不但进不了市场，怕是自家吃都保不住！"

板贵花椒经过几十年经营，已经小有名气。曾德春听了这话，第一反应是难以相信。照客商的说法，把长得郁郁葱葱的树剪成几个桩桩，成啥样子？想着都让人心疼。

客商约他去重庆实地走走看看。

重庆之行让曾德春大开眼界。大刀阔斧修剪过了的花椒树，果真果实累累，远胜这边的老树。回来之后，他对自己的花椒树动了"手术"，大胆"瘦形"。一些村民质问："好不容易长这么大的树，你一剪子下去，它们还能结什么？"第二年产量翻番的事实摆在那里，就有人跟进。也还有人不放心："别忙，再看个一年两年，怕会有什么反复。"2017年，村里按照县、镇安排，组织50位村民集体上重庆学习参观，曾德春成了现身说法的"教员"。2018年，全村动了起来，在专家指导下修剪枝条、强化管理，花椒亩产从300斤变成800—1000斤，继续观望的人也就寥寥可数。

曾德春读书不多，但相信科学的力量，儿子对他很有影响力。儿子2013年从西南大学毕业回来，没考上公务员。曾德春劝他，我们两个人一起干，把花椒做成大产业。儿子尊重科学的态度，成就了他敢在修剪花椒树上"拼死一搏"的底气。

花江镇人大原副主席、坝山村脱贫攻坚指挥所指挥长向德宝，是土生土长的坝山人。板贵花椒发展的起起落落，他是知情者，更是参与者。

"板贵花椒从传统种植到科学种植，其实就是一个扶贫先扶志、扶贫要扶智的动态过程。县里决定把板贵花椒作为主导产业之一，这产业怎么做？关键在于上规模，要害是靠科学技术先行，达到两个目的，观念不转变不行。"

1993年，号召农民种植板贵花椒，好多群众不愿意，"种花椒，这么小的颗颗，能吃饱肚子？"还有人质疑基层干部："是不是你们拿了国家的钱，又想得到什么好处？"破解这个题，需要示范效应。

干部首先承包土地示范，像曾德春这样的致富带头人实地引领，拧成一股绳，就拉着"板贵花椒"这条"船"顺风前行。起初，政府出钱买苗给群众，有人不愿接手。如今，大家都自己花钱买苗，他们掂出了这笔钱付出的价值，付出就是为了实现对脱贫致富美好生活的憧憬。

2002年，板贵花椒树开始老化，更新问题迫在眉睫。组织种花椒农民去外地领略新技术带来的好处，让他们眼见为实。延请省内外专家到产区长期定点服务，使科技支撑落到实处。同样，也依靠基层干部和曾德春们的示范，群众观念转变又上了一个台阶。花江全镇以种植花椒为主导产业的村已有11个，种植面积2.5万亩，逐步都在推广和使用新技术，花椒产量增加两倍以上已成常例。

当初舍不得剪枝条的农民，反过来回想过往作为，有人甚至骂自己有些"犯傻"。那枝条长得又长又高，花椒果实成熟了，甚至要扛着梯子去摘，人累不说，把枝条硬拉下来弄伤了，果实不越结越少才怪！现在树株矮化了，但阳光空气肥分更充足，产量反而上去了。"这办法要得！"你给农民讲解种法，或许他们听不起兴趣；可实实在在的效果产生了，他们就会慢慢悟透"舍"与"得"的道理。

强力推广新技术，让农民们学会把账算得更精细。

你看曾德春怎样为自己和为乡亲们算账。

目前，鲜、干花椒市场价分别在15元和60元左右一斤，算下来种花椒亩产值上万元，有新技术助力就不是难事。只要平均投入3000元，每亩获纯利就可突破7000元。今年以来，他家销售花椒已收入40多万元，全年获利可以达到60万元。这样有吸引力的事，何乐而不为？

胡勇也在为坝山村算账。

全村近6000亩土地，已被花椒林覆盖，最明显的是综合效益。种花椒的农民普遍增收，村社合一也为贫困户脱贫开辟了路径。花椒林给石漠化的山头披上绿装，绿树又给山村带来人变富、山变青的红利。"有了板贵花椒，副总理、省委书记、省长、市委书记、市长都来看过。"山里人说话平添底气。2014年全村人均收入3140元，2018年翻了倍，8600元，对贫困村而言，这是骄人的战绩。

新技术与新视野紧密相关。

"关岭板贵德春种植农民专业合作社"正开足马力加工花椒。曾德春家屋子后门，看出去像一幅画，雄伟的北盘江公路大桥连起两座高矗的山峰，看来十分壮阔。他说起合作社的发展计划，让人觉着也有些这幅画的意味。

曾德春说，种花椒的农户多起来，有人抱怨："为什么市场价不能往上涨一涨？"这市场的价谁控制得了？把板贵花椒质量做得更好，恐怕有助于取得价格优势。

他常和儿子嘀咕，"做花椒产业，小了搞不成事，要干就干大的。"这"大"就需要技术支撑，用新技术发展新产业，一些思路正在逐渐变成实际：加工厂房进一步扩大，争取把周边土地和农户都纳入进来，建成有规模的原料生产基地，保质保量加工就有基础。攻下保鲜包装关，价格自然会上去，鲜花椒目前市价在12元至15元一斤，新包装有两年保鲜期，价格可以提高到每斤20元。了解各类消费者需求很重要，按需生产也是可以影响市价的。

板贵花椒不仅仅属于板贵，按照产业部署，已经向邻近乡镇扩散。怎样把这篇文章做好，全县上下都在认真思考。

关岭一位乡镇领导干部的思考颇有代表性。他在一份建议中这样写道："板贵花椒发展存在的主要问题就是规模还需扩大，统一规划和统筹管理还有很大空间。能不能选准一些点，集中精力采取'公司+合作社+农户'返租倒包的形式，打造出一个可以复制的模式，然后逐渐向周边区域和其他乡镇适合种植的地方扩展，基础稳自然步子快！"

建议成不成熟、适不适宜？我们无法作出断语，但似乎可以视为广义技术冲击下的一个产物。从这个角度看，以科学技术为支撑，"剪"出板贵花椒的春天，让板贵花椒在脱贫攻坚、产业发展中真正担负其责，这个题目自有它的深意。

2019年8月18日

» 一加一为什么会大于二

原想2019年9月8日离开石阡回贵阳。县委宣传部常务副部长戴金杉头天晚上一条微信，让我立马决定改变行程："李文锋已经回村，你还要采访他不？"

李文锋是大河坝乡任家寨村党支部书记。几天来，我们走访了石阡县几个点，唯一的遗憾就留在了这个村。6日那天，村委会主任彭俊，驻村干部刘应俊、旷清华，摆谈了不少任家寨村村社合一、富民强村的故事，最后都有句差不多相同的话："要是李支书在，他能讲得更生动具体。可惜他上贵阳办事去了。"

"咋能缺了这个主角？肯定要采访！"一番联络敲定，8日上午，我真同李文锋碰上了头。

一见面，李文锋先谈他为何上贵阳。

八月瓜精油、八月瓜茶、八月瓜果酱，是村办绿野康农牧专业合作社的主打产品，越走越"俏市"。可要进一步扩大生产销售规模，就碰上了难题：八月瓜果酱在常温下最多能保存10小时，冷冻情况下可以保存两年，产品全靠冷链保鲜，势必提高成本。这次进省城，李文锋就是向专家学者讨教如何在常温下延长产品储存时间的良方。

八月瓜是中药材三叶木通的俗名，产品具有公认的养生美容功效。发展八月瓜生产，合作社每年可为集体经济创收3万元，而且用工对象中妇女占比96%，平均年龄超过56岁，这一下还断了农村妇女"张家长李家短，摆龙门阵闲聊惹是非"的"后路"，化解了矛盾隐患。

合作社有如此功效，八月瓜里这么有"戏"，我愿闻其详。李文锋却话锋一转："别忙，我还是先讲水，任家寨第一个合作社就是因水而生的。"

缺水，曾让任家寨人痛苦得落泪。

有水，又让任家寨人有了更加难忘的经历。

水贵如油，是多年前这个山村的真实写照。天旱上十

日左右,组织车辆送水就成了村干部的头等大事。一次,一个村民花了3个小时从河沟里挑水回家,没承想在村口把水打泼了。他为此哭了几十分钟:"让我请吃几顿饭都心甘,可水泼没了我心痛!"天旱时节,家家户户的淘米水、洗菜水、洗脚水都要经过"循环",喂牲口、浇地,各尽其用。

通过不断建设发展,"缺水"慢慢淡出了任家寨村民记忆。可水资源的新发现,除了带来喜悦,也带来思虑。

2016年4月,省地矿局普查地质资料,在任家寨地下269米处钻出了水,地勘队总工程师带着水样去贵阳化验。十几天后,传来讯息:"你们这儿的水质很好!"

李文锋心里打开了算盘:资源能不能变成财富?打这算盘也不是空穴来风,这几年本村和邻近乡村农民用桶装水多了起来,做水生意销路不愁,而且这"雪球"肯定会越滚越大。

主意拿定,他"三路出击"。请地勘队打破常规不封闭探水点,最后如愿以偿。请权威机构系列测评任家寨水质,最后结果是在109个项目中,107项达到一类品质。商议成立石阡县大兴源泉山泉水专业合作社,村支书兼任合作社负责人,村社干部交叉任职,村支两委、合作社三块牌子一套人马,强村富民任务沉甸甸地压在村干部肩上,村民也有义务和责任。乡里和对口帮扶的苏州市相城区大力支持这个计划。

比起前两桩事,第三件事做起来最难。

农民的天性，下决心干一件事，总要前思后想、左顾右盼。村委会主任彭俊记得，为水资源怎么定价，村民如何集资、怎么入股、怎么分红，村里召开了77次会议。有些村民听说办水厂厂房设施先要投入几百万元，心里就没了底："这得担多大风险？""怕钱进去了要打水漂！"没几个人敢表态参与。

李文锋说，这时候讲再多道理也没用。给群众讲清了得失利弊，关键要看干部的担当，我们要做给群众看，给村民吃定心丸。

他个人贷款48万元入股，其他村干部入股35万元。村民眼睛在看，心在盘算："干部入股的钱比我们多，我们怕啥！""入了股，我们就成了股民。合作社赚了钱能分红，在社里干活给工钱，比撇下老婆孩子出去打工强！"观望的农民渐次做出决定，一拨拨地要求入社。最后，参加合作社的有148户，吸纳股金214万多元；46户贫困户直接入社，利益链接74户贫困户，任家寨村实现了"股民全民化"。

"村民们为啥会一拨拨地入社？说明他们在一边观察一边定主意，心中的那些疑虑是一步步打消的。即便入了社，他们的想法也不会马上整齐划一。"李文锋以实例印证观点：合作社利益分配依照2∶4∶2∶2的比例。20%用于人均分红，只要户籍在村都有。40%留做滚动发展资金，20%用于管理人员报酬，最后的20%让贫困户再次分红。

有人想不通："贫困户啥钱也没出，啥事也没干，凭啥要拿20%收益给他们？"做这些人的思想工作，李文锋道理很简单："我们不同于普通的合作社。普通合作社以最大盈利为目的，村社合一，目的却是让全村发展，使大家致富，我们的合作社要考虑最大盈利，更要考虑到每个村民的切身利益。"几句话讲清了不同合作社之间的"同"与"异"，几场会开下来，闹的人逐渐服了气。

秋后算账，每年腊月二十六举行的村集体经济分红大会成了任家寨盛大的节日，会后全体村民还要聚餐，"盛大节日"又成了干部村民的联谊会。分红数也在逐年上升，2017年第一次分红30多万元，2018年第二次分红61万元，2019年第三次分红，预计可达80多万元。

走访期间，彭俊、刘应俊、旷清华带我们参观了大兴源

泉山泉水专业合作社。有员工主动上前向村干部反映生产经营中出现的问题，他们都是地道的村民。彭俊说："这体现了任家寨村村社合一的几个特点，发展共商，资源共用，风险共担，成果共享，人人都有主人翁的责任感。"

两天后见到的李文锋，则把事情分析得更加具体。村级管理职能与合作组织生产经营活动有机结合，村支"两委"优势与专业合作社优势两两合一，产业发展就越来越有活力。不仅水资源开发风生水起，而且发展包括八月瓜在内的精品水果近1800亩。合作社把全体村民紧紧联系在一起，不仅干部要承担风险，群众也要承担风险。村民主动替合作社想事、做事、管事，在任家寨村成为常态。最重要的是，发展红利让全体村民共享。2018年，全村贫困户户均分红2000多元，农民年人均可支配收入接近1万元，比5年前翻了一番多，实现了村集体经济、合作社发展和村民脱贫致富"三方共赢"。

"村社合一"带活了村级经济，它能不能成为加强村庄管理的利器？

李文锋们的回答是："当然能！"

让"村规民约"从挂在墙上、说在口上的"摆设"，变得在现实生活中具有约束力，就是极有说服力的一例。

任家寨早有村规民约，但有人却不怕它。李文锋对此有一番解释："所谓规，就是说它在法之下。有的村民抱定只要我不犯法，你村支'两委'又不是执法机构，能拿我怎样的想法，眼中没有村规民约，也让村规民约无法管住自己。"

垃圾乱堆乱丢，为一件小事可以吵上几天几夜，这些事在村里见怪不怪。邻里发生矛盾，个把月都调解不好。一位老人反映子女不尽赡养之责，拖了一年多还是个"烫手山芋"。法院判决，村里又无法执行，老人三天两头来找村干部论理。

村规民约真的镇不住"邪"？"我们不信！"李文锋和他的团队，凭借"村社合一"长了底气。村级集体经济壮大了，干部手中有了正向引导的经济杠杆，可以通过奖罚来惩"恶"扬善。

2017年腊月二十六，在村集体经济分红大会上，村民举手表决通过新的村规民约，同时村里推出执行村规民约积分办法，公布了18项扣分和4项加分内容。执不执行法律法规政策，搞不搞好家庭环境卫生，关不关心集体事业，注不注意文明举止，是否孝老爱亲处理好邻里关系，这些身边事生活中的事，通过干部和群众代表评判，变成正或负的积分，年终分红时当场兑现。

农村人多是聚群而居，低头不见抬头见，把别人的评价看得很重，这一招果然显灵。有人知道自己因行为不当要被扣分，找到村干部要求分红大会上不要公布名姓："这钱我扣得起，这人我可丢不起！"曾经"软"过的村规民约，这下真有了约束力。

在400亩"八月瓜"种植基地，我们见到了村妇女互助队队长田兴平。这个泼辣女子没说几句话，就笑了起来："村社合一后实行的乡规民约，让我彻底变了一个人！"

　　田兴平爱吵爱闹在任家寨出了名。成立绿野康农牧专业合作社，李文锋提议：现在村里留守妇女多，三个女人一台戏，聚在一起说长论短，难免就引发矛盾纠纷。何不把她们组织起来，成为发展八月瓜产业的主力？有事干了，谁还有闲心去说空话？妇女互助队应运而生，人见人怕的田兴平成了独一无二的队长人选。村干部说，我们用的是她有魄力、敢管事、有号召力的一面，相信村规民约管得住她的负面。初任队长，田兴平时不时要发"牛脾气"。村干部用村规民约敲打她，次数多了她自己也不好意思："举止再不文明，怕我这个队长也当不下去。"田兴平开始变了，变成越来越受人尊重的人物，她自我总结："村社合一，给我一个平台，也给我责任，让我告别了烂脾气。"

　　陪我走访的宣传部干部谢朝庭，对任家寨村社合一有自己的解读：这里的村社合一可以说是一种有个性的党建扶贫模式。壮大了集体经济，让群众共享发展成果，使村支"两委"在经济社会发展中更有话语权、影响力，最终出现一加一大于二的局面，因而区别于其他类型的合作社，具有强大生命力。

　　任家寨的干部和田兴平们闻听此说笑而不语。但我已经从他们的神情中读出了赞许。

2019年9月11日

» 最是情到深处时

汪晓东在石阡县伍德镇团结村当了两年多第一书记，要问最熟悉哪个贫困户，他一准回答：吴银菊！

一个是来自石阡供电局的干部。

一个是丈夫已经过世七八年，自己智力、听力、语言表达都有严重障碍的60岁独身农妇。

谁把这样两个人联系在一起，而且关系如此融洽紧密？

汪晓东说，是精准扶贫的战场，是脱贫一个也不能少的要求，创造出一个难得的机缘。

伍德镇党委宣传委员蒋芃对此更有感慨：这些年，石阡县贫困户数量一年比一年少。2018年1月，全县3000多名派驻干部下乡进村，每人包9户精准扶贫，就是来"啃"最后的硬骨头的。2019年4月，省政府正式批准石阡退出贫困县序列。退出贫困县，并不意味着脱贫攻坚就此打住。剩下的贫困人口数量虽少，可致贫原因更为多样，解决起来需要付出更艰苦的努力。战斗未有穷期，汪晓东与吴银菊在脱贫攻坚中结下的"特殊亲情",正是其中有说服力的实例。

团结村党支书徐文江话不多,分量却不轻:"作为第一书记,汪晓东让老百姓从他身上看到了党带着大家彻底挖断穷根的决心!"

2019年9月7日,我们在团结村长坳组一间农舍门前,见到了汪晓东,也见到了吴银菊。

农舍是吴银菊的家,房间和庭院不显凌乱,偏房一个塑料盆里泡着待洗的衣物,她手上还沾着水迹,看来这堆衣服是准备自己来洗。

36岁的汪晓东一脸爽朗。60岁的吴银菊一身清爽,她满脸堆笑,说不出话,着急时会呀呀发喊。不过,她听汪晓东的,汪晓东叫干啥她就去干,汪晓东在哪落座她就坐在旁边。

"当初,我见她,哪是这样!"

2017年3月，汪晓东进驻团结村。精准扶贫，吴银菊是明摆着的"硬骨头"。虽然社会"兜底"能确保她温饱，但无法与人正常沟通，生活不能自理。白天在公路上逛来逛去，晚上不会用电，只有靠蜡烛照明。随手在火里烧个土豆红苕就能"当顿"，不洗澡，不洗头，不洗衣服，一身异味让人避之不及。

汪晓东难忘第一次进吴银菊家的场景，"用触目惊心形容不为过。"

村里帮着装修的正房尚未完工，吴银菊住在潮湿阴暗的偏房里，推开门一股臭气扑面而来，乱七八糟的东西堆满屋子，人根本下不去脚。更要命的是，她还不待见生人，跺着双脚，舞着两手，"啊啊"地吼叫，不准人近身。

离开吴银菊家，汪晓东和村干部们心上像压了块大大的石头，他们不止一次次严肃地讨论："让这样的贫困户实现真正意义上的脱贫，我们得有个自己的标准。她缺米你送米，她缺油你送油，这样的扶贫治标不治本。关键是要让她逐渐学会自理生活的本领，不管我们在不在身边，都能活出生活的质量、生命的尊严。""我们不可能一辈子帮她，要教她靠自己活得跟过去不一样！"

学会洗头洗衣服，打理好个人卫生，是帮扶的第一课，这里面有多少难处艰辛，汪晓东不愿多讲，但他嘴边却常挂着一句话："我妈也是60多岁的人了，我帮助她时，常有帮助妈妈的感觉。"

吴银菊爱热闹，村里人办酒席她都喜欢跑去参加。可人们受不了她身上的气味，一桌最后会走得只剩她一人。

汪晓东借此对她讲爱卫生受人尊重的道理。每次上吴银菊家，总忘不了烧壶开水，帮她洗头，教她洗衣。一次，他有事去得晚了些，发现她正在用冷水洗头，心中顿时亦惊亦喜。惊的是大冷天用冷水洗头，怕伤了身体；喜的是，迫不及待用冷水洗头，说明在她心中，爱美爱卫生开始成为自觉。

通过仔细观察，汪晓东发现吴银菊智力并没有完全丧失，教会她"自理"的范畴于是不断扩大。

团结村周边有两个乡场。起初，汪晓东开车带她去学赶场，买上可以吃几天的菜。第一次坐轿车，吴银菊乐得不行，从场上回来，快到家门口，她一个劲向对面一位老人"啊啊"发声，提醒人家注意，自己是坐着车来的。

借这股新鲜劲，汪晓东教她学更多新鲜事。买来电炊具，手把手教做饭炒菜，直到她每顿饭都能吃上自己炒的一个菜。教她步行去赶场，让她能够独自采购肉菜和生活用品。

村民们说汪晓东在团结村认了个"干妈"，汪晓东一笑："我对自己亲妈关系也不一定处得这么好！这样的特殊贫困户，你和她关系越牢，她越相信你对她好。"

吴银菊两口子的低保费，过去都打在丈夫的折子上。丈夫一去世，问题就来了，她没有身份证，钱提不出来，只能到信用社门口又哭又闹。汪晓东为她解难从零起步：办户口、办身份证、开死亡证明、出挂失证明……一件都不落下，忙了个把月，终于把几千元的存折转到她名下。

吴银菊禁不住老泪纵横。汪晓东说："我相信，这泪是从她心里流出来的。"

你在干，人在看。村里人提起汪晓东和吴银菊的故事就伸大拇指："我们好多年没看到这样的好干部了！""共产党的干部能同吴银菊这样的'傻子'都处成亲人，他们为人民办事肯定不是搞虚的。"

汪晓东用脱贫攻坚中的亲情故事，为党的形象赢得了口碑。这样的人，这样的事，在伍德镇不是一例两例。

在石阳村大窝荡村民组，我们看到又一幅让人眼睛一亮的"亲情图"。

人物之一，一级智障贫困户王昌富，脸和身上皮肤黝黑发亮，那是常年在外面逛荡奔走留下的印迹。这个智力有障碍的人，见我来了，竟礼貌地上前握手。弟弟王昌玉说，放在两年前，他不可能这样待你。

人物之二，来自县畜牧产业发展中心的驻村女干部钟雪荣。2018年9月进村，她包下9户贫困户，王昌富是精准扶贫的"重中之重"。

此刻，两个人坐在一条板凳上。王昌富盯着钟雪荣，她笑他也笑，她打手势他跟着打，口中还念念有词，不过咿咿呀呀不知想表达啥。

"我能看懂，也能听懂！"

钟雪荣干脆硬朗的八个字，后面藏着一年多来的用心良苦。

王昌富怕生人，钟雪荣已经进村一个多月，他见她还躲。一次偶发事件拉近了他们的距离，同邻村一个智障人打架，王昌富嘴和腰都遭打伤。钟雪荣跑进跑出，为他疗伤换药，"当时也没多想，就觉得是该做的。"

几天之后，文化进村表演正在热闹进行，钟雪荣背上突然被人拍了一下，扭头一看，那痴痴对她笑着的正是王昌富。他一会指嘴，一会拍腰，那意思像是要讲自己正在恢复的伤情。

这一拍让钟雪荣得出个结论：在几百人中他记得住我、认得出我，说明智障者也知道谁对他好，也盼着与人沟通。

从此，这种沟通全方位展开。

王昌富读过小学二年级，钟雪荣半文字半手势给他讲道理：别乱拿人家东西，捡到钱和物要尽快找到失主，来了客人得礼貌相待。慢慢地，王昌富的行为举止便开始改变。

她买来水杯牙刷，教会王昌富平生第一次刷牙，看到他对着镜子看牙齿时笑的模样，她也喜不自胜。来了客人，他搬凳子端菜递烟，钟雪荣伸出大拇指点赞，王昌富也向她伸出大拇指。钟雪荣把这些点滴变化告诉村干部和帮扶队的其他成员，比干成什么大事还有成就感。

王昌富认准了钟雪荣就是自己的亲人。

钟雪荣几天不来，他就要上村委会找。一次，他找迷了路，走到花桥镇地界，被人用摩托车送了回来。"我还有好多工作要忙，你今后别来村委会找我啦！"王昌富不听，不过找的方式有了变化。钟雪荣忙，他会一直在旁静等。忙完了，他再用自己"语言体系"倾诉，还忘不了叮嘱她别太累。

钟雪荣珍爱这种亲情。她说，不到脱贫攻坚第一线，自己一辈子也不会有这种收获。

桃子园村第一书记游龙，从县发改委进村扶贫，一干就是3年多。村支书杨昌勇说，要讲游书记同乡亲们的亲情故事，怕是几天几夜都说不完。

游龙的"亲情故事"同汪晓东、钟雪荣相较，又别有不同处。

2019年9月7日，我们在村里见到游龙，他身上还背着引流袋，患肝囊肿已经一个多月。医生建议卧床休息，游龙却放心不下村里的大小事情。

2016年，来时，桃子园还是一类贫困村：用水难，行路难，没产业。三年过后，由茶叶、花椒、魔芋种植和兔子养殖形成的长短期结合产业体系，在村里运行得有声有色。村子里都知道，没有游龙，这些变化不可能发生。

杨昌勇说，可以讲自己是被游龙"逼"上位的。游龙建议他出任村支书时，他正开着茶叶加工厂，每月900元薪金的半脱产岗位压根入不了他眼。他一回回拒绝了游龙请"能人出山"的邀请。最后，还是被游龙改变桃子园村面貌的决心勇气感动，终于答应同他一起干。

"他刚来我们村，吃没吃处，住没住处，方便面吃了大半年，图的啥？一个外乡人把力气都使出来想让我们脱贫致富，本乡本土的人再不使劲，怎么做人！"杨昌荣把游龙拉进自己家，告诉他家里有什么就吃什么，"你下次再吃方便面，就是打我脸！"游龙趁机加强"游说"攻势："省级龙头企业你都办得起，还怕搞一个村？"

一拍即合，两人一成搭档，桃子园村产业发展更是要雨得雨，要风有风。77岁的老人杨光玖见人就夸游龙："这个第一书记心里装的都是桃子园的事，他是我们村大家的亲人。有这样巴心贴肺的亲人，是多大的福气！"

最是情到深处时，游龙全身心融进了他与群众建立的真挚感情里。可夜深人静，他也会扪心自问：这些年自己到底亏欠了家庭多少？孩子读幼儿园，几年里，自己只接送过5次。老人生病，无法在床前伺候。本是人之常情，他却难以两头相顾。"遗憾太多了，可收获也太多了。一生能干一件要记一辈子的事，怎么想也值，人活一世，要有舍有得，再难，也要努力去做。"

县里一位领导同志告诉我，派驻干部是石阡脱贫攻坚战场上的一支主力军，他们的心境和精神关系到攻坚战的成败。游龙、汪晓东、钟雪荣的心声，其实代表着一个群体在苦战中产生的共识。

2019年9月12日

» "释疑"新社区

假如告诉你如下背景：

这是一个因易地扶贫搬迁形成的新社区。

占地数百亩，建筑面积20多万平方米，1763家住户7622人，分别来自县里19个乡镇和街道办事处，2019年1月才陆续入住，3月全部入住。目前，就业率已经达到95%以上；新住户介绍自己身份，越来越喜欢冠以小区名称，神情里带着日益强烈的自豪和自信。

猜想你一定发问：

这么短时间，咋能实现这么高的就业率？

"我们都是来自五湖四海"，靠什么力量，让过去可能从不相识，也无缘相识的众多"新市民"，不到一年时间，就开始自觉认同？

这个安置点名叫平阳社区，与石阡县城相距不远。30多栋谷黄色的楼房，错落有致地散落在树荫花草之间，不亚于甚至超过我们在贵阳或其他城市见过的一些居民小区。

2019年9月7日，进了平阳社区，说实话，类似疑问也藏在我心里。

那天，走访行程安排得紧了些，到达这个社区已是下午四点多钟，看看天色不早，便免不了发急，连提问都显得有些单刀直入。

社区半脱产干部龚晏刚脸上微带笑意："不急，别急！我们先看几个地方，说不定会看出什么结论呢！"

社区大门口，临街一排门面，门户上依次竖起几个"服务中心"牌子，"党政服务中心"最显眼。

进得中心大厅，拐了几个弯，眼前豁然开朗：这不分明是微缩的石阡民俗民风博物馆吗？

"这是社区文化长廊，有人又把它喊做社区文化教育

中心。不是说认同要从文化寻根开始吗？现在，它的独特作用，大家已经开始慢慢看出来了！"

展示内容显然经过仔细推敲、认真安排，既显高端也接地气。

这边，整面墙上色调鲜明地展现出脱贫攻坚主要政策、重大举措、方向目标和习近平总书记作出的重要指示。往那一站，像是有人无声地给你上课。再往里走，更是色彩缤纷。

石阡县十多个世界级、国家级、省级非物质文化遗产，分别被用实物、模型、图片、图表等形式陈列出来，让人感到触手可及，仿佛身临其境。

那金黄色的毛龙，长长的龙身就是实物。配以图片和文字，讲清了与石阡的历史渊源和文化联系。这是仡佬族嘣嘣鼓，从旁走过，忍不住想敲上两下，当然，不能！

"说春"，是由身着古装的"春官"，在立春前后，走村串寨劝农惜时奋力，不误春播秋收，处好家庭邻里关系。"说春"与中国农历二十四节气密切相关，二十四节气入选世界非物质文化遗产，"说春"自然成为其扩展内容。看那"春官"模型，几分逼真几分"卡通"相，煞是惹人喜爱。那边厢，茶室、图书室、妇女活动室、工会活动室、四点半课堂、感恩堂一溜排开，石阡的浓浓茶香、乡土文化、历史底蕴、现代生活气息，在这片天地里自然融为一体。

"身份认同来自文化认同。"陪着我们走访了一整天的县委宣传部常务副部长戴金杉说,在易地扶贫搬迁点能建起这样一个有模有样的文化长廊,从某种意义上看,是倒逼思维的产物。

7000多搬迁人口,原本生活在不同的文化"小区域"。贵州山高箐深,"隔山不同调,这山晴来那山雨"是寻常事,大到乡镇,小到村落,乡愁都有不同的含义。怎么把来自19个乡镇和街道办事处的搬迁农民举止行为,用一根纽带串起来,加以引导,使他们比较快地对生活环境的身份产生认同感?问题摆在面前,破解迫在眉睫。办法总是人想出来的,这一逼,就逼出了主意:还要靠文化来搭台唱戏,文化和思想,骨头连着筋,须臾不离。

县里决定,下力气把平阳社区打造成新时代文化实践活动中心。县直十多个部门协调跟进,一场新社区"文化文明战"风生水起。

贫困农民世世代代生活在相互隔绝的乡村里,让他们在新环境里实现文化认同,不可能仅靠文化长廊毕其功于一役。

社区党支部组织委员罗小勇是社区工作的实际负责人,他的分析源于细致观察。真要把本来难"团"拢的搬迁农民"团"起来,关键是改变他们的生活习惯、转变他们的思想观念。话是这么一句,可石阡有自己的独特县情。既然贫困到需要易地搬迁,那原来生活所在地的山形地貌恐怕用一般的"大"和"险"形容还过于简单。一些山民在山里住久了,性格显得强悍,"口头带渣子"也不是个别现象。对症下药，文艺演出进社区、文化活动进社区，讲文明、讲礼貌、善待物、善待人，是重要宣传内容，"寓教于乐"四个字被认真演绎。社区举办就业技能培训班，也不忘记班班都要开设文明道德法治教育专题课。

文明与不文明拉开了距离，素质好与素质差比出了高下。勇于改变自己的"新市民"逐渐融入城市新的生活风尚，积习深些的搬迁农民日子久了也会慢慢产生差距感，"知耻近乎勇"，嘴上不说，暗中较劲，行动会变。满口脏话的人越来越少，乱丢垃圾的人越来越少，一言不合就开"仗"的人也越来越少了。"越来越多的搬迁农民对新的社区有了家园意识，觉得自己的行为举止会直接关系社区形象。"罗小勇、龚晏刚、李维太等社区工作人员都认为，目前，还只能算是个开端。搬迁农民变"新市民"的路注定不会短，但有意识、有效率地进行引导，没准能让这个进程相应缩短。

认同感最重要的基石，是让彻底改变了生产生活环境的搬迁农民不仅有事干，还看得到致富过好日子的前景。

贫困农民出山进城，真正被"就业"难题困住的，往往是文化偏低、年龄偏大、缺少技能的群体，社区就向这个群体定点发力。

正在忙碌的县就业局平阳服务点工作人员阮中坤，放下手中报表，简略地向我们讲了他进社区以来所干、所知、所闻。为确保每户一人就业，社区鼓励灵活多样的就业形式。"能力强的人，自己出去找工作。其他的人，就近就业，外出就业，公益性岗位就业，多管齐下就能有效消灭就业盲点。"

社区内服饰厂安排300多人，保洁员、安保员、协管员、楼管员等公益性岗位安排300多人，送去外出打工，又能解决1300多人。这些数字后面还有更多数字。2019年3月搬迁户全部入住后，社区举办缝纫、电工、厨师、家政培训班17期，参训800多人。县里与对口帮扶的江苏省苏州市相城区携手，鼓励有了一技之长的农民出省。依就业时间长短，分别发放数千元不等的就业补贴，这一来，从之者众，事实吻合了预期。

就近就业、公益性岗位就业，最对远行打工有困难的社区居民口味。

黄昏时节，我们敲开21栋1单元101室的门，这里住着一家从花桥镇杨柳塘村迁来的贫困户。男主人罗洪贵培训结束后获得电工证，现在既是社区协管员，又是石阡供电局下属单位工人，具体收入多少他不肯讲，很多人却记住了他最近常说的一句话："搬出来的那个老家，打死了我也不想再回去！"

陶莹莹算是社区的老住户，从大沙坝乡大沙坝村搬来过的春节。家中3个子女，老大还有残疾，过去的日子没法再提。进了社区，就有转机。自己当协管员，丈夫开水果店，两人月收入，扣掉"三险一金"还有4000多元。陶莹莹是河北人，嫁到贵州也改了乡音。听说我籍贯是河北，竟情不自禁说起了家乡话："这日子真可以说是美美的！

固定收入月月拿得到手，同过去没法比！"

协管员扶文荣，曾经的身份是国荣乡寨根村侗族贫困农民。搬进社区头几个月，碰上熟人就爱讲自己的最喜欢和最不适应。

远近一些邻居一时难改烂毛病，早上五六点钟就发出各种响声，夜晚过了12点还大声喊叫。"你以为还是在乡下，天宽地广，一家不挨一家，咋闹咋吼都对别人影响不大。"那段时间，他甚至怀疑自己得了什么病，晚上睡不好，白天自然昏昏沉沉。不过也有高兴处，协管员有固定收入，还抽得出时间打临工，就近照顾家里。孩子比他还高兴，志愿者在社区办了免费的"四点半课堂"，下了课可以学画画。"做梦也没想到，苦了半辈子，一下就在城里有了房子，成了'新市民'，该感谁的恩我心里有数，加劲干，拼命干，那是必须的！"

我相信扶文荣说的肺腑之言，也注意到他使用了"那是必须的"这样一句城里人常说的话语。虽然"润物细无声"，但是变化还是顽强地留下了它的痕迹。岁月推移，这痕迹会越来越多，越来越重。

2019年9月15日

» 扎牢利益联结这根纽带

在《大扶贫一线手记》走访过程中，写黔东南州一个不足两千人的小山村，写作速度却与往常有些不同。

10月23日去的施秉县甘溪乡望城村。

一个当年没有任何产业，村级集体经济完全是个空壳，群众因看不到发展前景而无所事事，村支"两委"讲话无人听做事没人跟；好不容易开次会，还得想法摆桌酒菜，否则连人都凑不够的后进村，今日面貌，却让人不禁想起新中国建立后，一部曾经风行的小说书名《山乡巨变》。

当了19年村支书的曾维军，是推动这场"变"的一个关键人物。他与他的团队坚持不懈努力，成绩得到上上下下公认。村党支部多次被省和州里授予"五好基层组织"称号，村子被评为"中国最美村镇"。2018年，全村人均收入14860元，村集体经济收入118万元，贫困发生率下降到0.063%。穿行于望城村荷塘和果林的多彩之中，在一幢幢颇具别墅风格的村舍里与人交谈，村民抑制不住的幸福感，干部油然而生的成就感，都让我不胜感慨。

然而，面对这样一个鲜活生动的脱贫发展典型，过了一星期，我还迟迟没有动笔。不是不想写，而是怕写不好望城村巨变的根本动力——人。

贵州日报驻黔东南记者站站长熊诚，提供了他们对望城村曾经的报道资料，内中有段话格外提神："来一场振兴农村经济的深刻的产业革命，就是要引领群众参与现代市场经济，用现代的思维方式，进行一场从生产方式到思想观念的大变革。"这说的就是，没有人的变化，没有思维方式的变化，没有利益关系的调整，望城村的"富而美、美而富"现象，不论外界施以多大助力，都没有产生的可能性。

说清了望城村在脱贫攻坚、致富发展过程中，党员与

村民关系、干部与群众关系、利益联结机制等方面的深刻调整，就说出了望城村在前行道路上的精气神。

方向一明，笔下生风。

初识曾维军，他感悟颇深的几句话，回味起来就很有个性："党支部、党员和群众的关系，就是村里最实实在在人和人之间的关系。要让村民有信心，要让村民信任你，看不到你对他们利益的持续关注，话说得再漂亮也没有说服力！"

2001年12月，曾维军通过选举出任望城村党支部书记。上任伊始，就"燃"了三把火，全是冲着提高群众对村"两委"尤其是党支部的信任度来的。

一是马上争取物资，硬化从公路通往村级小学的168米泥路，让学生行走安全；二是迁移球场中心电杆，让学生有伸展得开的体育运动场所。两件事干下来，群众都说满意，对党组织产生了亲切感。三是健全各项制度，开展多项活动，让基层党组织的工作和活动看得见、摸得着、感受得到。村民看到村里的环境和风气一天天好起来，党组织敢管事、会管事，觉得有了主心骨，自然对党支部有了依靠感。

"可这才是万里长征走了第一步。"后来，曾维军一次次回望当年心路历程，坚信自己有个认识是明确的："只有不断关注群众利益和不断推进群众对利益的获取，群众从内心认可了你的带头作用，村民对党支部的信任才能持续。"而且，在实践中，这种认识越来越清晰。

望城村群众最大利益是什么？就是揖别传统农耕模式，选准产业发展路子，一天更比一天富起来。

说是一句话，可干起来就是一堆困难和阻力。

2002年，望城村种植烤烟2000余亩，最后证明天时地利人和都不相宜。

"我主张望城村大力发展精品水果。"

曾维军们的决定不是拍脑袋的产物。他和村支"两委"其他干部对发展这项产业，本村具有的优势和将为群众带来的利益，有调查，有分析，账算了不止一笔。

望城村距施秉县城仅11公里，交通便利，所在区域又被列入省级高效农业园区建设范围。人民消费需求的提升，也为果品价格的提升，留下了较大空间。发展水果产

业显然值得一试。

本是能给村里和村民带来不小利益的好事，可却不是人人领情。

望城村人习惯了传统农耕，经受不住风险的打击。种苞谷、栽水稻，哪怕只能保个温饱，但要重打锣鼓另开张，他们会有说不完道不尽的担忧和顾虑。任凭干部磨破嘴皮，不种传统作物改种精品水果仍是应者寥寥。

"妇女能顶半边天。"曾维军们从村里妇女身上到踢出第一脚的突破口。干部们带着女村民去了湖南，现场考察精品水果种植的得与失。妇女们把账算得既精且细，回家一吹"枕边风"，效果就比光听干部讲和劝好得多。群众工作好做了，村里趁热打铁，村干部和党员带头拿出126亩土地，采取"村集体+合作社+农户"模式，迈开了望城村发展精品水果种植的第一步。

10多年过去了，望城村专营水果生产的合作社从1家发展到4家。有村集体办的，也有村民与村集体、企业合作办的。全村精品水果种植面积达4000多亩，包括葡萄、猕猴桃、水蜜桃、蓝莓、李子等多个品种，产业覆盖全村515户1948人。

"不管合作社办得多么红火，保护和增加群众利益，始终是我们的初衷。"曾维军的一席话里，藏着许多发人深省的故事。

天高云淡的秋日里，走进望城村百亩荷塘边一处"农家乐"里，女主人吴秀云正忙得不亦乐乎。过去，她家在几亩薄地上"找衣食",过得捉襟见肘;现在,凭种水果、办农家乐、搞林下养殖,年收入有10多万元。当初,村里办起第一个水果种植合作社,吴秀云想入又不敢入,犹豫再三。党支部、村委会一句承诺"水果种不好,你被耽搁的收入我们全赔",让她最终下定了决心。

这项承诺并不单对吴秀云一人。为了彻底打消村民加入精品水果生产行列的顾虑,村里规定,在果树开始挂果前,按每亩田800斤干稻谷、每亩土400斤干玉米的标准补贴农民。群众不担风险,还有可能尝到不小甜头,能不激情喷发?

曾维军说,这是在当时条件下,对群众利益一种最实在的关照和保护。群众看出了我们是真心实意带着他们向好日子跑,这不就能心连着心了嘛!

建立和完善党支部、村集体、合作社与村民的利益联结机制,更看得出他们的良苦用心。

村里人家家户户情况各不相同,多种联结模式各显神通。

合作社租用农户土地种植精品水果,前三年农户收取土地流转费用,第四年按比例参与分红,这叫"合作社+农户"利益联结方式。"党支部+农户"模式,则由农户以土地入股村集体合作社并参与水果种植;挂果后,农户每亩土地年分红1600元。"党支部+合作社"模式,由村"两委"帮助合作社发展产业,收益按一定比例提取为村集体经济收入。这笔收入,50%用于集体经济再发展和精准扶贫;40%用于村里民生事业和基础设施建设;剩下的10%,

就是村办公运转经费和"五好诚信户"活动基金的组成部分。

村干部们认为,这种利益联结机制,是顺应村情、民意和市场态势的产物,大家都看得清楚各自的利益关联点,党员、干部谋全村发展目标更明确,村民致富奔小康更有积极性。曾维军则认为,在这种大的氛围中,还促进了大家思维方式和思想观念的革命。

望城村田雪农家乐店主田雪,为曾维军这个观点做了印证。

田雪是2016年返乡创业的退役军人。办起农家乐,每年20万至40万元的毛收入,让他日子过得很滋润。2019年,他却时不时会有些忧郁:"怕收入会要减少些。"望城村红火的乡村旅游因花而起,因果而生。2019年,花事不如往年,对旅游业就有些冲击,田雪却没有打退堂鼓的想法。他有自己的分析:田雪农家菜已有了口碑,不能轻言放弃。用户少于往年,关键就要在饭菜质量、服务质量上下足功夫,这里包含着我的全部利益,要在摸清市场变化和需求的情况下保证来之不易的"牌子"。少抱怨客观现实,多朝自己身上使劲。

陪同走访的村支书田宇洋当场表态,保护村民利益是村里的大事。党支部已经注意到这个问题,准备通过增加种花品种、扩大观赏花规模、增加配套设施等措施,助田雪这类乡村能人一臂之力。他说,向农旅一体化发展,是村支"两委"为了群众利益要做的一件大事。打造"村在树中、路在绿中、人在景中、景在画中"的美丽风景,就是要达到让村民"闻得到花香、住得进新房、看得见产业、数得出票子",实现"四得"目的。他认为,保护群众利益,是需要村里和村民共同去办好的事情。

湖南籍养殖专业户张秀海,2011年来到望城村养猪养牛。目前有猪1100只,有牛40头。在田雪农家乐吃晚饭,他同村里干部和专业户交谈甚欢。这位湖南人觉得,在望城村有回到家的感觉。党支部把为群众谋利益当作头等大事,村民既认可党组织的引导,又尽情发挥自己的聪明才智,这样好的发展环境到哪儿去找?

施秉县委常委、宣传部长刘昌文陪我走访半天,下午回到县里开会。晚上,我们通了电话,一个共识就是,望城村脱贫致富奔小康,抓产业是抓住了牛鼻子,但最给人启迪的,还是力求在"人"上做足文章,通过利益联结调整党群关系、干群关系的定位,从而释放出最难得的积极性和创造精神,这是农村发展最重要的内生动力。

2019年10月30日

» 闻得到泥土味的创新组合

3年多前，一位贵州日报女记者来到了台江县老屯乡长滩村。

在她眼中，这个只有244户人家1000多人的苗寨，有着异乎寻常的美丽："巴拉河绕村而过，依山而建的吊脚楼鳞次栉比。森林、木楼、清澈的河流，形成一道独特的风景线。"

风景线还不止一道。与自然风光相映成趣的，是村民的牲畜统一迁入小区饲养，村里的污水粪便集中处理，湿地公园不仅是村民的休闲去处，还是种植莲藕的基地。花事盛时，荷花、樱花，知名或不知名的花，能染了这个山里小村。

可村里干部告诉她，一年前长滩村还"只可远看，不能近观"。

咋啦？人畜混居、垃圾遍地、污水横流、牲畜粪便随处可见，是长滩村里多年见怪不怪的常态，也是难以根治的痼疾。

　　村支"两委"成员着急，派驻的帮扶干部坐不住。可无论你怎么号召怎么要求，1000来人的小山寨，却像深水池塘，上面的愿望传递到家家户户，一层层发生"递减效应"。有的村民甚至不明白干部为什么要急，"你有你的工作任务，我有我的生活习惯。你急的，不关我们的事，我们用不着急"。

　　责任该怎样落到村民头上？能不能有效焕发他们整治环境"脏乱差"的自觉精神？这不是一道无解的题，办法总是人想出来的。

　　几番分析，有了结论：苗族群众喜欢比邻而居，远亲不如近邻，对大家是不用说都能明白的道理。好，办法就出在这种生活现状上！

　　2015年4月，在时任村党支部书记李平州带领下，长滩村村民按10户左右为一个单位，被划分成19个卫生责任主

体，采取"十户一体"自治管理、抱团发展的模式，雏形自此诞生。

每个责任主体推选出一名有威信、有带动能力的人担任"户长"，其中不少人是共产党员。"户长"带着"户员"，负责自家房前屋后和指定公共区域卫生保洁任务，村里定期督查评比。

"十户一体"不是行政性划分，但效能却比一些行政命令来得实在。三个月下来，不仅村容村貌焕然一新，更重要的是把村里的事变成了村民自己的事。他们觉得，要完成的任务，直接关系自己利益，"不用扬鞭自奋蹄"，"自在"转化成"自为"。

土生土长的"十户一体"，既能承担统一分派的任务，又实打实接地气，很快被群众接受和喜欢。它的内容不断延展，逐步拓展到矛盾纠纷调解、治安联防联控、帮助孤寡老人和留守儿童等方面。

"'十户一体'的最大好处，是把村里的事真正变成了村民自己的事。大家干起来上心，合在一起也舒心。这就启发了我们，不能光看是否居住相邻，更要注重把发展意愿相近、生产技能相似的村民组合起来，共同发展产业，共同脱贫致富。"

2019年10月24日，长滩村党支部书记石俊在村里与我们交谈，强调的重点，就放在"十户一体"的自愿组合上。

长滩产业发展合作社负责人杨胜奎讲了"十户一体"

与自己和伙伴们发展产业的故事。在他的讲述中，"十位一体"与合作社关系密不可分。

"'十户一体'的好处就在于大家有共同的发展追求。过去一家一户搞不成的产业，现在是家家户户想办法、出主意、下力气。大家捆在一起，都尽最大努力想把事办好。"

杨胜奎养羊有经验。

2017年，他养了240只羊，带起了13户想养羊又怕养或者不知怎么养、无力单独养的人家，包括7名贫困户，入了"户"的村民都靠养羊赚到了钱。后来，他看准种植精品水果是个赚钱门道，又带起7户人家开种红心柚。人家说他是能人，杨胜奎认为，能人展示"能"也得看条件，因为有了"十户一体"这个平台，他才能发挥作用。"'十户一体'，在'户'里的人地位都是平等的，利益也联在一起。没有了谁派任务的概念，干啥大家都觉得是在为自己办事。"

有了"十户一体"，强户带弱户、富户带穷户、党员带群众这些口号都落到了实地。

十户心灵手巧、喜爱绣花的妇女，按意愿和技能组合起来，就从过去的单打独斗变成组团闯市场。十户意趣相投的村民成立了养牛责任体，各司其职，年纪大的负责放养，年纪轻的牵牛犁地，按贡献大小分利，最少的也能拿到2000多元。养牛组成员不仅满意自己的收入，更看重在组合里面能出主意、能管事、能学到技术，还能处成像家人一般的关系。

这样的实例，在长滩村多了。

石俊支书认为，村本来是乡村管理的"细胞"，"十户一体"又将"细胞"进行了切分，村里的事务被分解到更接地气的载体上，农户抱团发展和实行村民自治，有了一个全新的平台。在这个责任体内，成员一荣俱荣，一损俱损，党员示范、互相监督都能一步到位，激发内心动力就有强大推力。

有了"十户一体"这个平台，村里20多名党员发展强户和困难户结成帮扶对子，共同致富、抱团发展这部活剧在长滩村被演绎得风生水起。

从当年一些新闻报道中，可以看到"十户一体"越来越红火的轨迹。

有10多年养鱼经验的村民龙泽林回乡当上"户长"，向10多户想通过养鱼致富的村民传授技术，全村以"十户一体"为基础，初步形成规模化养殖基地8个。

种植马铃薯、经营农家乐、栽培高产水稻，村民们根据发展意愿自由组合，通过19个"十户一体"平台变成19个发展主体。发展模式群众选、发展任务群众定、发展过程群众管、发展效果群众测、发展成果群众享，"十户一体"一步步焕发出新的生机与活力。

贵州日报驻黔东南记者站站长熊诚在长滩村发现不少新鲜事。

80多岁的张榜满老人，双手布满皱纹，却有技艺在身。她加入村里以刺绣为主业的"十户一体"，一个月能做出25张刺绣头巾，一年能收入3万多元。

郭玉明、杨天花夫妇俩肩上担着8口之家的生活担子，光种水稻打不成"翻身仗"。丈夫加入马铃薯种植发展主体，妻子也在刺绣发展主体找到了自己的打拼天地，年收入超过5万元，生活中从此少了很多唉声叹气。

"十户一体"是源起干部群众的创新之举，反过来又推动着干部群众思想观念的创新。

2019年10月24日，我们顺着一条石板铺就的村道，走进苗族村民龙通成2018年用自家房舍办起的民宿。三层楼里辟出6个房间，设了7个床位。外来游客，无论团队出游、家庭小居、单人体验，都能在这里找到落脚点和归属感。人们住进民宿，可以像在自己家一样，开灶设饭，品味乐趣。

民宿收入随季节变动，有高有低；住宿者停留时间也长短不一，短的只有一天，长的会住上十多天。但龙通成渐渐摸出了其中一些规律，房间装修体现着现代标准，但又透着浓浓的乡村气息。住客喜欢农家菜，他家土地上就只干种菜营生。妻子也揖别了传统农耕方式，加入刺绣"十户一体"，月收入四五千元。他们已不是往昔意义上的农民，"十户一体"为他们开辟了新的增收渠道和生活空间。

村外一大片茭白地上，来自浙江的贵州山水茭白公司总经理许运明，正指挥着一群村民收茭白。我们就近与两位女村民交流。65岁的张榜海、66岁的张新沙，在生活中是邻居，"十户一体"让她们关系更紧密。割菱白一天拿得到120元工钱，还有别的"生财之道"，农活少了搞刺绣，游客来了参加文艺表演，多多少少都有进项，积少成多，总收入也就可观了。

干部的工作方式也因应"十户一体"的发展变化在变。

在长滩村，我们听到了"全国先进基层党组织"村支部把党课搬到生产第一线的故事。怎样让党支部凝聚力号召力日益增强？如何真正发挥共产党员先锋模范作用？诚信建设怎么搞？团结和谐该怎样有效促进？从发展产业到村庄治理，都倒逼着村支"两委"面对"十户一体"的现实，不断调整、改进、更新工作思路和方法。

"十户一体"的受益者不仅仅是长滩村的干部群众。

2014年至2018年底，长滩村所在的老屯乡，通过产业发展、教育帮扶、易地扶贫搬迁、转移就业等路径实现脱贫1057户4811人。2019年计划脱贫217户787人，贫困发生率将从34.55%下降到1.11%。老屯乡党委组织委员张雪松说，取得这样鼓舞人心的成绩，"十户一体"功不可没。

2017年6月，黔东南州委决定在全州推广"十户一体"抱团发展模式。把它的核心功能界定在"联"上。联产业发展，在每个发展主体中，合理安排能人户、一般户和贫困户，真正实现"传、帮、带"。联环境卫生，围绕建设美丽新农村的创建目标，开展环境卫生整治、实现责任共担、卫生共护、环境共享。联社会治安，围绕平安法治、和谐村寨建设目标开展联创共建，实现治安联防、矛盾联调、隐患联治、平安共创。

"十户一体"已经像大树，一步步植根在群众心中和乡村土地上，它源自生活又不断从生活中汲取养分，完善完整完美，人们当然越干越起劲。

当地干部群众有个强烈共识：在脱贫发展过程中产生的"十户一体"模式，抓住了充分激发农民群众内生动力的"龙头"，这条"龙"自然会越舞越强劲。

2019年10月30日

» "新市民"，靠啥稳住和致富

2019年11月8日，正值立冬节气。惠水县却是阳光正好，让人享受到这个季节里难得的融融暖意。

中午时分，县城边上的幸福移民社区。一群老人坐在花坛边，有的纳着手工鞋垫，有的晒着太阳聊天；三三两两的学童，在广场和步道上，喧闹嬉戏，一下子给园区添了新的风景。社区党支部书记黎建、居委会主任丁成福，却没工夫闲着，他们刚从社区巡查归来，想凑在一起说说事。

两人早前其实都是因为易地扶贫搬迁政策，从大山里搬出来的农民。一个来自摆金镇水冲村，一个来自雅水镇碉房村。他们乡音未改，觉得作为移民选出来的管理者，巴心贴肺地为移民办事，实在是天经地义。

"让搬迁农民进了城稳得住、能致富，县里有'五个三'配套机制。我们的责任，就是尽心尽力地为大家办好实事，通过心贴心的服务，让群众真正体会到政策的好处。"黎建这番话，一听就是肺腑之言。

幸福社区有移民773户3322人，绝大部分是从不宜居住地区搬出来的贫困农民。

从贫困农民到新市民，其路漫漫。从某种意义上讲，搬出来之后要解的难，超过让他们搬出来的难。

幸福社区创建伊始，就面临与其他移民社区相类似的尴尬局面：

"新市民"不适应城里人习以为常的卫生习惯和行事规矩；有人不改好酒贪杯的陋习，从早上迷糊到晚上；一些人因知识技术贫乏或身体残障找不到合适的工作；"等靠要"思想在新的土壤上又"遭遇"了滋生条件。

除了共性，这个社区的"尴尬"还有它的个性。

一段时间，社区经常跳闸断电。

懂得水电维修技术的居委会主任丁成福，很快明确了自己的服务定位：教移民学会用电知识，促进他们交费用电。

移民在山里习惯了烧柴做饭，家家户户用电量都不大。乍一成了"新市民"，看到住进现代化新房不需自己交钱，政府还配套赠送床、沙发、茶几、电视机，便想当然认为，这电也该是国家白送的，可以敞开用。丁成福在巡查中不止一次发现，有人间间房里都开着电炉、石英炉、暖风机取暖，没日没夜运转，而且出门都不关掉。超负荷用电、长期拖欠电费，这样的事多了，不跳闸、不断电才怪。

居委会主任当起了义务电工。丁成福随身带的拎包里，除了笔记本和笔，装的就是各种电工工具。而且必须随叫随到，因为一旦跳闸或者被拉闸，受停电影响的就不是一户两户。

一天晚上十二点多钟，搬迁户杨少文打来电话："停电了，快来修。"已经回家的丁成福赶到现场解决了问题，可又有新发现：这家移民长期拖欠电费，随时有被拉闸断电可能。再一梳理，社区里这样的人家还不少，你有这难处那难处，长期欠交电费，供电部门只能照章办事。于是，丁成福们又有了新的"工作内容"：替人垫交电费。杨少文家的电费，他和当时的县移民局副局长刘合奎一人垫了一半。到如今，社区住户由干部垫付的电费已达3000多元，有一半左右还没有收回。

思想观念总是慢慢转变过来的，干部的贴心服务就是催化剂。

越来越多的"新市民"逐渐知道，用电就得交费，用电必须节约。过去一些谈到交电费就面有难色的社区居民，现在主动打听缴费地点、日期；行动有困难的老人，想办法请社区干部代转，他们不愿为迟交、欠交电费失信、丢面子。

黎建、丁成福从这件事里得到启示："市民化"培训，不能只讲就业技能，必须和适应新的生活状态捆在一起。

他们都是现成的老师。除了教移民如何用电，还在家政培训等课目中掺进若干"个人因素"。你要当"家政"把别人家卫生打扫好，首先得把自家搞干净，考核现场就在学员家中。众学员一齐到你家，看看床上是否整洁，碗筷洗得干不干净，家中老小养没养成卫生习惯？合格的，自然心中一喜；得了差评，让你无地自容。知耻近乎勇。
这一步迈开，"新市民"教育就容易抓到点子上。

移民拖欠电费，仅仅是因为不懂规矩？"不是！"黎
建、丁成福和社区干部们知道，根子还在要让他们有稳定
的收入。

社区开辟了几条就业渠道：在附近企业上班，去外地
打工，鼓励自主创业；没条件走前几条路的人，通过公益
性岗位，与企业在社区内联办扶贫车间等路径，也能找到
事做，得到工钱。目前，幸福移民社区户均就业率已经高
于一户有一人就业的标准。群众手中的钱多了、稳了，烦
心事必然就少了。

熟稔易地扶贫搬迁情况的刘合奎，原是县移民局副局

长，现在是还未正式上任的县红十字会驻会副会长，他心里放不下这桩让自己全身心投入的大事。8日下午四点，他接到通知要去县里开会，趁着午饭后几小时空档，执意要陪同我们走访。

刘合奎说，惠水县在易地扶贫搬迁中推出的"五个三"配套改革机制，条条都是冲着"新市民"的顾虑和需求来的，项项举措全为了移民们稳得住、能致富。幸福社区是执行政策取得实效的一例。

土地是农民的命根子。搬迁户"三地"，即承包地、宅基地、林地，都确权到户、权随人走、带权进城，该享受的政策不变。移民进城后，可以得到流转土地产生的发展利益10%—20%的分红，有了这笔稳定的收入，先就吃下了定心丸。

保障就业、就学、就医，是移民进城后的三项刚性需求。多种途径实现就业，幸福社区的实例很说明问题。优先保障搬迁儿童就近入学，是县里的既定方针。社区卫生服务中心、卫生服务站和实现签约医生服务全覆盖，小病不出社区，卫生服务中心能做一般手术，病有所医的想法成为实际。

建好"三所"，既疏解移民乡愁，又给群众创造了致富天地。建好经营性场所，想做事的移民就有平台。建好公共服务场所和农耕场所，老人、青年、小孩都能增加幸福感和获得感；有需求的移民还能在"微田园"中重拾农耕生涯，通过劳作，降低生活成本。

衔接"三保"，完善"三制"，核心就是用制度确保搬迁贫困群众该享受的政策一分一毫都不缺失，该管的事皆有人问、有人管、有人抓落实。

搬迁群众的新生活，印证着"五个三"机制的有效性。

2019年7月24日经省政府批准成立的惠水县明田街道办事处，是全县最大的"新市民"安置区，有易地扶贫搬迁农民3118户12770人，分成4个社区。社区内，服务中心、文化活动广场、老年活动中心、青少年社区事务中心、红白喜事办理中心一应俱全。

走进新民社区老年活动中心，服务人员周玉惠，正在整理老人们刚离开不久的房间。中心有两名服务员，属公益性岗位，每人每月有2000元固定工资。平常每天总有30到50名不等的老人来这里，玩棋牌、弄乐器、摆龙门阵。周玉惠来自好花红镇，丈夫在附近企业上班，月均收入4000元左右。她家收入来源还不仅是这两笔，老家26亩土地，由县移民后续发展扶持公司流转，专营特色种植养殖业。前不久，她家拿到了三年土地流转费24000多元。

来自断杉镇代金村的杨仕高也是盘活"三地"的直接受益者。

他家在代金村有68亩田土，流转三年算下来收益6万多元。妻子在劳务公司当保洁员，月月稳得1700元；在社区服务中心上班的儿子，月收入3000多元。老人说话也风趣："钱对我们来说不是什么么不倒台的事，怎么享受眼下的好日子，才是应该认真考虑的大问题。"

幸福社区专门修了就业创业一条街。

总部在广东的俊辉防护装备制造有限公司惠水扶贫车间就在这条街上。招工对象是无法去社区外企业上班，无法去外地打工，无法自主创业的"三无"移民。手脚利索的在这里月收入能上到3000多元，被吸纳的残疾人每月也有1500左右工资。唐人坊文化创意有限公司也在幸福社区设了生产车间，一部分工人集中在厂里上班，一部分移民领活回家加工，就业人员在110到120人之间。

明田街道办事处党委书记龙青俊介绍，整个移民区处于省级惠水经济开发区核心地段，周边有303家企业，依托这些企业，已有2000多名移民进厂。通过多种就业渠道，明田街道搬迁农民户就业率均达到2.03%。换句话说，12000多名搬迁农民，已有6000多人在城里上班，比户均一人的就业率高出一倍还多。

　　明田街道办事处卫生服务中心，其硬件非一般乡镇卫生院可比。宽敞的入门大厅里，中心简介赫然入目：有病床20多张，医技人员30多人。办事处辖区内有两所幼儿园、一所小学，附近有高中、初中，师资都是优中选优。龙青俊说，做这一切，就是要通过制度和服务，让贫穷的根再无法向下一代延伸。

　　快到下午五点，明田街道办事处办公室所在地新民社区，"四点半课堂"热闹起来。

　　一二十个学童放学之后，被统一安排在这里读书、做作业、开展活动。正在辅导孩子们的西部志愿者钟定永，大学毕业后来到这里，问他为什么如此其乐融融，他的回答很简短："能在'新市民'的转化过程中留下一点我的印迹，这就是快乐！"

　　天色向晚，陪同我们走访的明田街道办事处办公室主任聂沐涛还有别的事要办。告别时，想向他说几句表达感慨的话，却始终没有出口。我们知道，他们都在从农民向新市民转化中做了惊天动地的事，但却不想张扬，也不希图感激。

2019年11月10日

» 为"裂变"加力

一次偶然的机会，让我同正红火着的食用菌产业有了缘分。

新结识的朋友、贵州省食药用菌协会常务副会长张林，邀我去趟安龙县："贵州为什么要发展食用菌产业？我给你讲再多也没用，不如你自己上现场看看。"以"产业裂变发展·助推脱贫攻坚"为主题的2019中国贵州食用菌发展大会，11月15日在这里举行。于我而言，确实是打开了一扇了解食用菌产业和农村脱贫攻坚关系的窗口。

2019年11月15日上午，提前去了会议安排的观摩点——距安龙县城15公里的钱相街道办事处大钱相村。

县农业农村局办公室主任黄莹说，论规模，这个办事处算不上全县最大的食用菌生产基地，可发生在这片土地上的故事，有它的特点和个性。"你们可以看一看，食用菌产业在实际生活中究竟是怎样裂变的。"

进得大钱相村村口，连成一片的数百座黑灰色食用菌栽植大棚，像是秋冬之交山乡里特有的风景。

大棚尽头处，一面墙，支着安龙县众鑫科技开发有限公司的招牌，张贴着公司的宣传推介内容。这是一家浙江人在贵州开办的龙头企业，母企在河北省和北京市，生产经营的品种就是香菇。浙江人把一家农业企业，从北方开到南方，而且势头看着还不差，这里面应该有故事。

公司总经理厉维民口气却很淡定："其实，别把道理讲得很精深。我们到安龙这几年，只信一个简单的理，不是赚一把'快钱'就走，而是想尽办法怎样把企业做得长久。这样做，对企业自己，对县里和农民，都有好处。"

众鑫科技开发有限公司以生产经营香菇为主业，生产香菇菌棒、提供技术服务、负责市场销售。2017年9月，公司成立，目前主要以农民直接进厂就业和为开展大棚香菇种植农民提供菌棒、技术服务，回收产品包销两种形式进

行生产，带动一批农民靠产业脱贫致富。

公司成立两年，到底成了多少当地农民群众靠产业脱贫致富的带头人？厉维民心里有数：除了以贫困农户为主的大钱相村外，还有以易地扶贫搬迁户为主的五福小区、马家湾，几个地方都有不算少的受益者。在生产车间就业的200多人，由政府提供大棚、企业负责技术指导和回收包销的有160多户。

"他们通过发展香菇产业，究竟有多大增收空间？"我问。

厉维民回答："每家每户都有自家的小账本，但我想这两年与前些年相比，收入上的悬殊恐怕不是个小数目。"

农民会算账，厉维民有切身体会。

2017年8月1日，从未涉足贵州的厉维民，坐飞机到达兴义市，当天夜里12点进了安龙县城。天色晚了，去钱相街道办事处已无可能，便找了一家宾馆歇下。久久没有睡意，信步到县城边转了转。这一转，就品味出安龙气候与老家浙江金华市磐安县和企业北方生产基地气候的差异。8月时分，这里的热度高于家乡和北方，再一了解，冬无严寒本就是安龙的气候特点。香菇喜湿好热，"这里就是个长香菇的好地方，而且可以一年收几茬！"

安龙"一县一业"，发展食用菌是主打方向。厉维民和他的浙江籍创业伙伴，觉得在这里打拼香菇产业有天时地利。他回去没多久，很快又返回安龙，众鑫公司注册成立。

有些事，却让厉维民和公司董事长厉越钢始料未及。

一说要发展食用菌产业，号召村民用各种形式进入香菇产业，有的村民直言："我们对你们想搞的这桩事不感兴趣。"

不是不感兴趣，而是曾经被伤了心。

众鑫之前，也有一家省外企业到钱相发展香菇生产，可他们的初衷是想"赚"政策的钱，走找"快钱"的路。没有长期作战的打算，设备买最低价的，原料进最便宜的，也不向村民提供优惠，结果越闹越亏，直至企业倒闭。加入其间的农民，不同程度受损。

厉维民从事香菇生产经营三十多年。儿时的同村玩伴、公司董事长厉越钢，大学学的又是这门专业，两人很容易沟通和产生共识。

"安龙有发展食用菌难得的资源条件，党委政府希望我们大有作为。老百姓吃了前面的亏，对这个产业有些将信将疑。要让党委政府放心，给农民吃下定心丸；同时，保证企业有发展前景，只有一条路：一切从长计议，不做一锤子买卖，把公司建得越来越好，让香菇产业越来越有盼头，用事实来证明我们的诚心和实力！"

众鑫科技开发有限公司用295万元，买下前头那家倒闭公司资产，又投资1300万元将原有设备全部更新。群众看在眼里，盘算在心里，有人说得干脆："看来这家公司不像'啄'一口就走的样子，是铁了心要在这里扎根干下去。我们跟着干也放心了！"

政府、企业、农民三家往一处想，局面就越来越喜人。2018年，这个基地产出香菇菌棒500万棒，香菇产量500万公斤；今年预计可产菌棒1500万棒，香菇产量可达1500万公斤。

在众鑫公司，我们遇到了安龙县农业农村局高级农艺师，局里派到县食用菌产业办公室任负责人的袁梦魂。袁梦魂说，发展食用菌是安龙"一县一业"的主体，是产业扶贫的主打产业。这项产业的发展壮大，企业作用非同寻常，而且大多数企业是从省外引进的。选准企业很关键。

那些想"套"政策"快钱"的企业，当然不在视野之中。企业讲经济效益是天经地义，但"君子爱财，取之有道"，企业有长期发展的谋算和举动，群众跟进速度就会加快。

客商揣着一片热心而来，主人当然以礼相待。

好多优惠政策让人心动。县里2016年就出台政策，发展食用菌产业，企业电价按农村电价计收，相当于市场电价的三分之一。建设需要用地，企业享受招牌价最低价待遇。企业全款全数回收贫困户和村民生产菌棒，由政府担保向其提供资金支持。为了扶持企业，政府还按比例进行奖励。

企业做强了，农民就是最直接的受益者。

走进众鑫科技开发有限公司20号大棚，正是午饭时候，在场的工人数量不多，来自桥马村的贫困户李成金、韦朝会两口子却还干得正欢。他们穿着工装，在特制的工作台前，双手伸进玻璃罩上两个孔眼中，在菌棒上接种菌种。平均每天接上700多棒，月收入就能超过4000元。

技术含量不高的香菇剪根工序，操作者是附近村里上了年纪，又没多少文化的中老年妇女。她们对自己干一天能有几十元收入已经相当满意。都是从艰苦日子里走出来的人，不用细算账，就知道今非昔比。

钱相街道办事处沈洪村原来的贫困户欧加平，见着我们就说："发展食用菌，让我（家）活出了另一个样子。"

欧加平一家六口人，栽种传统农作物，粮不够吃，钱没得花，只好外出打零工解一时之急。

2018年3月，街道和村把他家列入产业发展帮扶名单，众鑫公司审核同意，当年，他就建了两个大棚生产菌棒。公司把他当亲人，传技术，解难题，到年底结账，收入6万多元。2019年，他的生产规模扩大到4个菌棚，毛收入10多万元，欧加平和正在菌棚里劳作的爱人一番加减乘除，最后确认，今年他家种菌纯收入会达到八九万元。

欧加平说，种菌种了两年，最困难的时候，总有政府关心，企业支持，再难的事也不难办了，打算2020年种菌规模再加大些。

在安龙县，提起食用菌产业，抑制不住喜悦和表露出信心的，不止欧加平一位昔日的贫困户、今天的新农民。

根据黄莹和袁梦魂提供的数据，我们知道，安龙全县已种植食用菌1.7万亩，完成种植1.6亿棒，产量11万吨，产值10.8亿元。食用菌菌棒深加工企业达19家，建起食用菌专业合作社48个，带动了13613户建档立卡贫困户58259人脱贫致富。

安龙县食用菌"产业裂变发展，助推脱贫攻坚"初见成效，源于政府、企业、农民三方形成的合力。关键在于怎样让合力尽快有效成形，而且越来越强劲。

2019年11月17日

» 一生难了"菌之情"

　　未见张林之面，早闻张林其名。

　　不少人对我讲过，要了解贵州食用菌产业，你得了解张林。

　　初识是在贵州高山生物科技有限公司，园区距贵阳白云区蓬莱仙界不远，张林是公司董事长。

　　看看已到晚饭时分，主人火锅便饭招待，吃着吃着，突然冒出话来："我这一生，就爱两件东西，食用菌和酒！"还用英语把两件物什念了一遍。听着一语惊人，可言者却是满脸纯真。

　　这话有事实印证。

　　几小时前，我们来公司找张林不遇，他带人到邻近村里种羊肚菌去了，只好在公司展示室等。展示室就是个食药用菌产品的荟萃之地，特别是公司生产的"六芝园"牌多孢灵芝系列产品，往日没咋见过，免不得让人多看几眼。公司院内种着一大片黔紫金草，几分像茅草，几分像甘蔗；花园旁橱窗里，贴着彩色的栲木林照片。公司员工介绍，这些都是培养种植食用菌的原材料，张总侍弄它们十分上心。看得出，食用菌确实已深深融进张林的生活天地。

张林善饮，与他豪爽的性格有关。或许，父亲是苏北人，母亲是山东人，都是"煮酒论英雄"的地方，也成为他喜酒的一个原因。这次便饭和以后几次相遇，我发现他的一个生活规律：中饭、晚饭必定啜上几杯。对此，张林解释亦庄亦谐："往实处讲，我的孢子粉应该有化解酒精的 功能；往高处讲，食用菌科学是门艺术的科学，需要想象力、市场观、空间感，这酒能通灵。"

他有一串头衔：贵州省科学院教授级高级工程师、贵州省食用菌工程技术中心主任、贵州省食药用菌协会常务

副会长、贵州省蔬菜行业协会副会长、贵州省农作物品种审定委员会专业委员，都与食用菌产业密切相关；兼着几家企业的董事长，证明科学也是生产力，他在为科学技术产业化身体力行。

张林对食用菌产业的钟爱，使他得到了人们的敬重。

2019年11月15日，他到安龙县参加2019中国贵州食用菌发展大会，在成果展示区，省外省内同行好友和他相见时的热情场面，可以算作一个注脚。

张林说，自从1980年考上华中农学院（后来的华中农业大学），师从中国第一位食用菌产业开拓者杨新美教授，他的生命轨迹就再没和"食用菌"三个字分开过。

"贵州高海拔、低纬度、寡日照、湿热同期，食用菌是最有发展前途的产业。可事实上，要把这个产业搞起来，难处多着呢！"张林大学毕业后几十年，都在破难而行。他曾担任贵州科学院生物所菌种厂厂长，当时对菌种感兴趣的农民委实不多。为了推广菌种，想了不少办法。到农村推介菌种，在桌子上摆上盒子，装上香烟，把农民吸引过来，趁势让他们了解种菌的好处和知识。

笨办法、巧办法，想了很多也用了不少，可好多年里，食用菌产业在贵州并没有被做得风生水起。张林认为，这里面既有认识论问题，也有实践论问题。

能不能真正把发展食用菌上升到产业高度，当成一件大事来抓，省主要领导同志提出的食用菌"产业裂变发展"思路，对贵州脱贫攻坚和乡村振兴都有开创性的意义。

张林用自己的语言诠释着他对食用菌产业裂变的理解："一亩地用来养猪、养牛、种果树,它的增值过程总是相对缓慢的。而用一支试管里的菌种,去种植一亩地食用菌,却可以呈几何级数地增值,这就是裂变嘛!这种裂变,给地方经济、农民和企业带来的好处,非一般性种植业、养殖业可比。"

贵州有发展食用菌产业的强烈意愿和独特的资源条件,但困难却既严峻又现实。

张林把这些困难概括为"几大瓶颈"。

一个3000多万人口的省份,科技人员却只有几万人,食用菌产业没有技术力量支撑,必然行之不远。

除了人才瓶颈外,原材料瓶颈、种源瓶颈、市场瓶颈,每个瓶颈都制约着贵州食用菌"产业裂变发展,助推脱贫攻坚"理想成真。

破冰之旅已经开启,打破瓶颈的举措哪怕初始起步,已经让张林和伙伴们感到欣喜。

贵州大学与贵州农业职业学院携手,培养食用菌专业大专生、本科生、研究生,迈出了夯实贵州食用菌产业人才基础的第一步。

贵州食用菌种大多源自省外甚至国外,省里已明确对开发本省菌源提供专项费用。

至于原材料短缺这个瓶颈,张林引领的企业早已在尽心尽力。他们用了10年时间,培育种植的桤木、巨菌草,都是为了解发展食用菌原材料之需。

于此，张林还有一个观点：从贵州省情出发，发展食用菌产业应该提倡古法栽培。"你知道农民是怎样用传统方法种菌的吗？在就地取材的木头上钻孔，直接接种，连着几年都有不错的收成。要正视这个现实：农民投资能力弱，知识水平、技术能力都受到限制，迅速实现食用菌'产业裂变'，让更多农民进入发展食用菌产业行列，得让老办法体现新价值。"

几个瓶颈中，市场瓶颈不可轻视。

"市场既是发展产业的通行证，又是给农民群众的定心丸"。张林对云南昆明木水花市场印象深刻，那是一个食用菌专业市场，一年销售额达到70亿元。现在贵州县县通高速，村村通公路，已经为建立食用菌专业市场打下基础，但有基础不等于有市场。他说，真要把这个市场建起来并且越办越好，解决物资问题很重要，解决认识问题更重要。

这本是个严肃的问题，到了张林口中，却有了诙谐的色彩，先让人发笑，再让人深思。

"你比较过销售员和农妇卖辣椒的异同吗？"

"没有。那你听我说。"

"有客商问销售员，你这辣椒是辣还是不辣？销售人员多半回答是与否，结果有的客商会拂袖而去。因为他有可能需要辣的，也有可能需要不太辣的。农妇则不然，她会回答，这边皱皮的不太辣，那边新鲜的比较辣，给客商提供了一个选择的机会，人家可以各取所需。"

"食用菌产品在市场上面临同样问题，对了客户的路，你就销得出，销得好。市场的路顺了，整个产业和参与其中的农民风险就降低了，大家就有越来越强的发展信心。"

怎样让食用菌这样的特色产品有稳定的市场？张林没有直接作答，倒是举出刺梨产品应该如何开拓市场为例。

不是说刺梨是"维生素C之王"吗？与其漫天撒网去打市场，不如盯准特定消费人群。海员、水兵一年四季在海上漂泊，口烂、脚痛、皮肤瘙痒都是常见病症，他们就应当被视为"维生素C之王"的特定消费群，围绕他们开拓市场，其结果可能是事半功倍。食用菌同样是贵州的特色产品，要让它在市场上站得住、走得稳、打得响，必须研究不同用户的不同需求，摸清他们的消费心理，再拿出可行的相应对策。

说到这里，有过经营经历的张林似乎更有发言权。

早年间，他曾在贵阳开过一家火锅店。很快就从一间门面变成几间门面，诀窍就是坚持"五味（卫）"：卫生、味道、人情味、品味、一味打天下。对了心路，生意就好做。

讲完了，张林放声大笑，笑够了，猛地啜下一口酒去。我知道，他不是简单地谈生意经。谈笑之间，他不断释放出对贵州食用菌产业发展的火热情怀和热切期许。

2019年11月18日

» 给产业和市场搭座"桥"

几次和朋友聊天，都谈到一个很现实的话题：

发展现代高效农业是产业脱贫的好路子，可你打不通从田野山林到终端市场那"最后一公里"，往往会无功而返、前功尽弃。更要紧的是，伤了农民的心，增加了干部的工作难度，再号召大家来干什么事，很多人会顾虑重重，有人目光里甚至充斥着不相信和怀疑。

几年来，在对乡村的走访中，确有这样的实例。听说某种中药材卖价高，种植热潮一波高过一波，岂料等到产品上市，在经历风雨和起伏的市场上已经卖不起价，挫伤了一批农民的积极性。还有更极端的，一个祖祖辈辈没养过桑蚕的小山村，得到项目支持，不少农户干开了种桑养蚕的新活计。蚕丝下了架，却拿不到市场的通行证。一些农民只好又砍桑毁蚕。

不用说，搭建从农村产业革命现场直通大市场的桥梁，是脱贫攻坚中必须打赢的一场大战役。

正因为这样，听人讲福泉市仙桥乡，这几年坚持创新推广"双订单"模式，优化利益联结发展特色产业，脱贫攻坚迈出了大步子，昔日的贫困乡，贫困发生率已从34.77%下降到1.77%，人均年收入从5923元上升到10937元。脑子里不禁电光一闪：这"双订单"里有文章，得想法子去仙桥乡看看。

11月24日早上7点钟从贵阳动身，十点钟左右到了仙桥乡。

乡干部们忙得很。乡党委书记熊月红匆匆和我见了一面，丢下个"双订单""双公司""双支部""双保险"的话题，又匆匆铺排别的工作去了。

乡党委副书记张美龙建议，我们不妨去村上山里走走，这四个"双"都可以找到"原型"。

先去了大花水村。

一条硬化了的道路，曲曲弯弯在山林里穿行。张美龙和驻村脱贫攻坚工作组组长、福泉市委宣传部副部长肖青华，和我一起走进了夹炳山草棚鸡养殖示范基地。

基地由村办企业民旺农民专业合作社兴办，村第一书记、快50岁的胡承华已经在山上住了半个月，因为基地第一批3000只草棚鸡，经过两个月驯化饲养，也刚到新环境半个月。"得盯紧了，鸡上山半个月，我自然得上山半个月。"

一群群毛羽鲜亮、活跃好动的草棚鸡，围着胡承华和基地另外两个饲养员转，他们一个是退伍军人，一个是贫困户。看见胡承华身后跟着上百只鸡，与我们同行的一位省城来的专家有了兴趣："这不就像个鸡司令！"随手拍下好些张照片。胡承华也乐了："如果这个基地能带着建档立卡贫困户和村民走上致富道路，当鸡司令太值！"

一边看鸡谈鸡，肖春华一边向我讲起他对"双订单"的理解。

仙桥乡少数民族人口占总人口数的56.3%，群众对市场十分不熟悉。搞产业革命，不通过市场，产品实现不了价值，"双订单"就是要消除贫困户和其他农民因为不熟悉市场、不了解市场经营，投身产业发展时产生的种种思想顾虑，帮助他们应对风险。"双订单"，一头是生产者，一头是销售企业；"双公司"，就是生产公司和销售公司。销售企业向贫困户和农民定生产任务和品质要求，这只算是"订单农业"的一半，生产者也要向销售企业下订单，对他们如何开拓市场、保证应有尽销、提供技术服务、限期帮助脱贫提出要求。"双订单"给农民群众发展产业吃下了定心丸，产业革命和蓬勃发展就有了推动主体。

张美龙、胡承华列举的事例和数据，印证了这番见解。

民旺合作社草棚鸡养殖示范基地向两家销售企业下了订单。养鸡不能没有鸡苗，小青草农业生态发展有限公司担起这个责任。贵州润泉农业发展有限公司既当投资方又当销售方，投资30万元，匹配乡政府资金20万元，意在让草棚鸡养殖业在仙桥早成气候。

"双支部"就是把支部建在生产和销售链条上。

此单成效如何？张美龙感触良多。

有与没有大不一样。没有支部，生产企业和销售企业之间更多体现经济关系；有了支部，带头人更有责任心和大局意识，不同企业对接更顺当，不再是单纯的生意伙伴。

大花水村几个建在产业链上不同部位的党支部，有一个共同的目标：通过种植养殖基地吸引人才、培养人才。现身说法，鼓励村里孩子去读中职、上大学，将来整体提高产业发展中的农民素质。

"双保险"让农民搞产业更放心。

产量入保，遇到自然灾害导致减产，农民可以得到相应赔付；价格入保，确保市场价格波动不影响农民收益。最终结果，是确保特色农业、精品农业获得不断增长的效益。

大花水村村委会主任、福泉民旺农民专业合作社支书袁勇算了一笔账：按"双订单"模式，与小花苗扶贫发展有限公司签下订单，全村种姜600亩、种蒜300亩，产品不受市

价波动影响包销回收。当年户均增收3500元至4000元,脱贫104户。今年仅种大蒜,总收入预计可达70多万元。

晚上六点多钟,我们在乡党委又见到熊月红书记。一谈将近一个小时,夜幕降临了,才去吃晚饭。

熊月红说,"双订单"是仙桥乡干部群众的首创,目的就是为了打破特色产业与市场销售脱轨的困局,让更多农民能从市场中受益。福泉市委、市政府在这个基础上,进一步提出"双公司""双支部""双保险"的构想和模式。实施的效果,是农民群众与市场距离越来越近,脱贫致富的步子越迈越有力。

昔日不知产业为何物的仙桥农民,如今越来越多的人成了产业革命的主力。今年,全乡调减玉米种植面积1500亩,种植生姜、红蒜、辣椒2000多亩,茶园投产2500亩,种植天麻、太子参等中药材1500亩,林下草棚鸡计划出栏50000羽,目前已养殖20000羽。说这里五业兴旺,尚为时过早,但言发展势头正健不为过。

熊月红和副乡长李廷华举出的事实和数据都颇有说服力,但她有段话却让我感到更加提神。

"'双订单'本来是实事求是、因地制宜的产物,正是因为面对农产品与市场销售的脱节、市场因素严重制约特色农业发展的实际,才会产生'双订单'的思路和实践。我们今天要干的事,是让'双订单''双公司''双支部''双保险'这些好思路、好模式适应形势和乡情民意,在仙桥乡不断产生新意。"

　　比如，公司+合作社，公司管销售，合作社管生产这种模式，在仙桥正悄然生变。过去两个相互分离的环节开始合二为一，共同出资、共同管理、共同销售、共同分成，让从事生产和销售的两个经济体在运营和管理上更加趋同，说到底，农民才是最大受益者。

　　在"双订单+"的模式下，仙桥乡产业规模化发展的路怎么走？熊月红有自己的考虑。

　　熟悉市场的农民多了起来，但离规模化发展现代高效农业还有相当距离：农业没有规模，农民无法确保更多受益。"仙桥乡没有500亩以上坝区，只能依托资源优势，向山林要经济。除了发展传统特色农产品种植，壮大林下草棚鸡养殖，肯定是条走得通的路。不过，怎么养，值得认真考虑。"

　　她的设想是，草棚鸡养殖可以分成四种类型。高端路线走林下野养模式，体现高效农业特点。中端、一般、低端路线分别走林下散养、林下圈养和集中圈养模式，面向不同消费人群和消费市场，需求面广了，需求面大了，不愁规模上不来。

　　产业发展怎样从星星之火燃为燎原之势？在仙桥乡，想问题、动脑筋的不止熊月红书记一人。在走访过程中，与我们相见的乡党政办负责人韦茂超、乡党委组织委员郭静、乡扶贫站站长朱雪松，都从不同角度陈述了自己的思考。

　　什么是他们的动力源泉？

　　我想起，白天，肖春华副部长带我看过的大花水村江边组和麒麟山组。江边组是当年红二、六军团和红一军团二师六团与敌人浴血拼搏的战场，那里今天喊得最响的口号是：一切为了人民是我们的初心！麒麟山组50多户村民全是少数民族，村里民风淳朴，保存着一百多株古树，两棵紧挨矗立的枫香树，被人称作"鸳鸯树"，树龄分别是220年和160年。一俟高速公路开通，这里将成为新的乡村旅游景点。麒麟山的干部群众，越来越相信一句话："有了想法，一切资源都可能变成财富。"

　　我在想，这两句话，可不可以算作正在产业革命路上行走着的仙桥干部群众的心声！

2019年11月24日

» 也是一种"裂变"和"增生"

进入11月份，阴冷潮湿的日子多了起来。

2019年11月21日，开阳县禾丰乡穿洞村办公楼一间房里，门外是渐渐的凉意，门里的人，围坐在大铁炉旁边，正在展开热烈讨论。

"你们觉得这几年来，穿洞村能把'输血式脱贫'转变成'造血式脱贫'，最关键的推动力是什么？"——这是我在发问。

屋子里的人都想发表意见，最后被禾丰乡党建办主任肖日顺接了话茬。

他一边说，一边思考："激发农民脱贫攻坚谋发展的内生动力，最火热的战场在村，最要害的'细胞'是基层组织。穿洞村这些年干的最大的事，就是让基层组织这'细胞'不断裂变和增生，党员、干部、致富带头人都明白自己的定位和责任，也知道该在哪里发力和怎样发挥作用。过去只有几个人盼、想、急的事，现在成了几十上百甚至更多人的盼、想、急，再由他们挨家挨户动员、引领村民，众人拾柴火焰高，脱贫攻坚就没有不打胜仗的道理！"

乡党政办主任周焕印、村党总支副书记朱时刚赞同这一看法。他们提醒我："穿洞村基层组织这个'细胞'变没有变，活没有活，故事得从2010年姚家宏出任村党支书说起。"

穿洞村党总支书记姚家宏，比他们晚到这间屋里半个多小时，一脸灿烂的笑意。

9年前，他的一个举动，曾经在好多开阳人脑海里荡起涟漪。

有人说，姚家宏像一粒"活性细胞"，激活了家乡土地上一大片"细胞"。

出生于穿洞村的这位大学毕业生，曾经担任过中学教师、国企干部、乡长、乡党委书记、县旅游局局长、县政协办公室主任、县民宗局局长，阅历不可谓不丰富。但几十年从政经历，却没割断乡愁，随着时日推移，愈发浓烈。

在几个机关"一把手"任上，姚家宏有到兄弟省市区开阔视野的机会。拿不断发展着的外地农村与自己交通不便、贫穷落后的家乡穿洞村作对比，有时甚至让人睡不着觉，坐不安稳。一次，他在贵阳听了江苏省华西村党委书记吴仁宝的报告，心潮久久难平。吴仁宝说："有条件不发展没道理，没有条件创造条件发展才是硬道理。"他共鸣强烈："自己家乡不正是验证这番言语的最佳阵地吗？"谁来当改变家乡面貌的带头人，姚家宏想到了自己。"人家吴仁宝可以放着县委书记不当，到华西村全心全意抓发展，努力打造天下第一村，真正体现出人生价值。他行，我也不该说不行！"

决心已定。2010年8月，他主动请辞县民宗局局长职务，要求回村带领群众脱贫致富。

在写给时任省长的一封信中，他恳请派自己去华西村挂职学习。几位领导同志先后做出批示，要大力支持像这样想干事、能干事、干好事的干部。当年12月，姚家宏高票当选为穿洞村党支部书记。

一石激起千层浪，舆论场上说什么的都有。面对那些说他傻，说他糊涂，说他不可理喻的风言风语，姚家宏从自己在华西村挂职3个月经历中寻找定力。

吴仁宝说过："来华西学习的人千千万万，一万个人中有一个真正学到了，我就满意。"来自贵州的姚家宏，居然有可能成为吴仁宝眼中的万分之一。三个月挂职期满，吴仁宝只问四个问题：你在华西村看到了什么？学到了什么？想法是什么？回去以后怎么干？姚家宏在华西全村大会上的发言得到吴仁宝的首肯："等你在贵州那边做好了，我们都要亲自去看。"一席话，成了姚家宏后半生干事的底气。

姚家宏回到家乡后，抢出的"三板斧"，既有华西村的影子，又有穿洞村的个性。

从群众最关心的、最迫切需要解决的问题入手，就容易让人相信你。一水、二路、三产业、四环境，成了全村工作的突破口。组织村民投工投劳破解安全饮水和生产性用水难题；修通村连村、寨连寨、户连户的30多公里硬化道路；农村电网全部改造；无线网络、广播电视全覆盖；困扰多年的"脏乱差"问题也得到综合整治。

产业发展势头越来越喜人。全村共有各类企业6家、专业合作社4家，产业涉及农产品种植加工销售、建材、服装、电子商务、餐饮、运输、商贸多个门类，结营性资产规模6000万元，国内生产总值1.2亿元。近年来，村集体经济年收入都超过100万元，去年达到180多万元。村里每年拿出50万元补贴和奖励群众。2018年，全村人均收入从过去的3200元上升到17690元，贫困发生率从37.8%下降到0.5%。获得"全国文明村镇""全国民主法治示范村""全省脱贫攻坚先进党组织"等美誉。

姚家宏说，华西村统一管理资源、统一管理生产经营流程，充分调动干部和群众积极性和首创精神的做法，我们"拿来"之后让它们生出了新意。

把全村党员分成3个支部开展工作，可以视为这一思路下的创造。

穿洞村有620户2176人，辖地17.5平方公里，算下来就有些地广人稀，而且是由原来的两个村合并而成。靠一个支部，党员发挥作用受到局限，甚至有时会有鞭长莫及之感。分设三个支部，一、二支部直接联系管理村民组村民，三支部管理企业发展产业，各有侧重，各司其职，群众更深切地感觉到脱贫致富的带头人就活生生地在自己身边，有烦心的事愿意找他们谈，他们引的路大家乐意跟。

干部党员也感觉到，过去说话没人听的现象不会再出现，为了给大家带好路，愈发注意自己素质和能力的提升。再通过合作社和以组为单位的红白喜事理事会等架构，更多的能人和积极分子被"网"入全村管理和经营的大格局中，人人肩上有责任、个个手中有任务开始变成实际。如果说过去村庄管理和经营的责任主要落在党员干部身上，他们只算数量不多的"细胞"，难免出现"你说你的任务，我干我的活路"的局面。而今却大不相同，3个支部及其凝聚的各种骨干人员，都能分别承担管理和经营任务。正如村干部们所言，一个或几个细胞裂变增生成成百上千个细胞，很多工作的落实就容易一抓到底。

2012年至2015年，村里先后组织三批107名村民去华西村学习，华西村也派出五批230人到穿洞村考察。让村民在碰撞中开阔眼界，推进"要我干"到"我要干"的观念转变进程。姚家宏感言："观念变了，基层党组织讲话就一呼百应。"修三口河水库，要占用村民80多亩耕地、600多亩林地，按老习惯，不见到补偿经费，村民不会轻易签合同。有到华西村参观过的老农民，跑去找到姚家宏："书记，我们懂，修水库是大家的事。不拿钱，我们也会保证让地开工，反正钱迟早要得的。"村党总支副书记朱时刚说，这其实就是一个人"急"变成大家"急"的实例，也可以说是基层组织"细胞"裂变增生的效应。

党员的作用延伸到底，众人的事大家考虑。在新的经营理念和方式上产生的新的组织管理模式，给穿洞村的发展带来蓬勃活力。

村委会主任李志军、村党总支副书记熊峰带我们实地走访了一些人家。

村党总支建立以管理企业发展产业为重点的第三党支部。在浙江义乌打工多年的陈朝军成为三支部的"台柱",撑起彩瓦厂、农村电商两个主打项目的天地。通过支部引进贵阳人何良柱发展生态养殖。这个建在企业之上的总支部肩负为企业产业发展立言拿脉、帮助企业解决困难、上门服务等多重任务,更重要的是让在穿洞村企业上班的村里村外党员,都有找到家的感觉。

二支部支委、陡虎村民组组长王子芬,一心想在种植、养殖业上给村民做个示范。办玉米制种基地,让全组人均收入增加了3倍。流转土地种五彩辣椒,又在开辟一条增收新路。她还大着胆子养鱼养小龙虾,"养小龙虾失败了,但我个人赚不赚钱是小问题,找条路让大家富是责任。"

在一处名为"水东兰亭阁"的农家乐庭院里,错落有致地摆放着一百多盆造型各异、以金弹子为主的盆景。农家乐主人是村民党员李志兵,开阳县兰花花木盆景协会会长。对如何通过发展农家乐、种植兰花等途径,带动村民就业和创业,他心里已布下一盘棋。

一个共同点,这些农村党员和农民,已经开始自觉地把自己当作脱贫攻坚、乡村振兴的主体。

2007年退休的乡干部、老党员卢爱华,转到穿洞村过组织生活,支部安排的事他想方设法要办好,他觉得在这

样一种气氛下做党员是很有荣誉感和责任感的。

姚家宏有一个观点，有细胞，才有生命体。严格说来，一个村就是一个生命体。要让这个生命体活得朝气蓬勃，只有几个细胞远远不够，所有党员、干部、村民都像细胞那样活跃起来，村里发展路上的"难"就变成"易"。

真希望有更多人参透穿洞村的治村之道。

2019年11月23日

» 经营村庄

在思南县邵家桥镇渔溪沟村，陈建强是个得到公认的"人物"。

他胆子大，"算盘"拨得精，在波及农村和城市的改革浪潮中挖到了"第一桶金"。建酒厂、开超市、办工程队，2005年就在思南县城买下两套商品房。这个乡村致富带头人，理所当然赢得越来越多羡慕的眼光、鲜花和掌声。

2010年底，正是风生水起的陈建强却遭遇了一道人生难题。

镇党委书记罗凤三番五次上他家，就为一桩事，希望他参选渔溪沟村党支部书记。

陈建强为难了。这位渔溪沟村的"首富"，太知道村里的底。

村里物质上的穷，看看村支"两委"的情形便知大概，穷到没个像样的办公场地，穷到连笔墨纸张都买不起。但精神上的穷更可怕。全村党员平均年龄超过68岁，支部在群众眼里，没有凝聚力，更别说号召力。一边是人心涣散，连个村民大会都开不起；一边是家族宗派的力量反倒有市场。"人穷志短"也在村里应验，一些村民急于摆脱贫困，竟走上了违法犯罪的道路。314户1310人的村庄，因各种犯罪行为被判刑的村民多达四十几人。

"这个支书干不得！"家属、亲戚、朋友异口同声。

陈建强也在犹豫。他知道自己生性风风火火，眼中掺不得泥沙，要当支书收拾这么个烂摊子，说不准会吵多少次架，得罪多少人？

罗凤书记也耐不住了，口气越来越强硬："你入党宣过誓没有？宣誓就是发了誓。战争年代，干发了誓的事说不定会牺牲生命，现在你去当这个支书，千难万难，最多损失自己的经济利益，总不至于丢命吧！"

振聋发聩，醍醐灌顶。

"既然信任我，我就试一试！"陈建强把接过担子后要走的路比做行船："上了这条船，就要拼命划。不在这个位置上，想用劲也使不上力；到了船上，就得把想用的劲都使出来。"

这股劲儿，既有拼的味道，更有巧的成分。他要把多年在商海打拼悟出的"生意经"，用来让渔溪沟村彻底变样。

2019年11月18日，我在渔溪沟村支"两委"办公楼见到了陈建强。回忆当年的想法，他用几句话做了概括："其实就是用经营的理念，一步步把人心搞活；学习企业经营管理模式，在村里办企业、管企业、管村支'两委'班子，让村子越来越兴旺。"

经营乡村，先得心中有底。

村里有哪些急需盘活的资源？

最宝贵的资源当然是人。渔溪沟村想变样，离不开全村1000多号村民，大家必须拧成一股绳，朝共同的目标发力。这共同的目标就是发展产业。产业兴，经济活，党支部才能取得发展中的话语权。

2013年，村支两委一纸公告引人注意：村里要办砖厂，号召村民踊跃入股。大家看是看、谈是谈，可公告贴出去两个月却无人响应，还有人说开了风凉话："渔溪沟一盘散沙，办得成企业，我不信！"

没有退路了。陈建强同另外三位村支"两委"干部合计，4人各筹资8万元入股，先让砖厂冒烟，干部干给大家看。砖厂的活不好干，搬砖、下水泥、推车、当炊事员，一应角色干部们轮番上演，有累也有甜：当年砖厂盈利21.6万元。几位入股的干部平常在厂里没取一分报酬，这下有了盈利，投资者首先受益，说起来算是天经地义。可陈建强不这么想。

"钱要拿来为村里群众办事。"

"凭啥？拿法律来看，走到哪里，都得认谁投资谁获利这个理。"几位村干部显然不同意支书的意见。

陈建强也没讲什么大道理，甩出当年经商时常说的"段子"："会吃的，吃一辈子；不会吃的，就吃这一顿。"他还是拿行船来打比喻："一条船，光我们几个人划不行；得让群众看到不是几个干部在为自己谋私利，而是千方百计为他们创造利益和保护他们的利益。越来越多的人跟着我们一起干，这船不就越走越快了吗？"

21.6万元盈利最终没有分，其中11.6万元还被用作全体村民交付合作医疗和养老保险费用的基金。

好钢用在刀刃上，这笔钱花出了真效应。

从这以后，村里党员、干部说话有人听了。一些乡亲直夸陈建强："他干事干得到点子上，我们看准了他。"最后，这座砖厂发展成村里第一家集体企业，大家都觉得顺理成章。

农村最重要的资源是土地。在渔溪沟村走访，碰到的干部群众都说，看看村里的"康庄大道"，就知道土地资源是怎样在这里被经营活了的。

抓基础设施建设，是陈建强上任后紧盯住的大事，而且实实在在干出了成效。为什么"康庄大道"会给人留下如此深刻的印象？

2014年开建，全长975米、宽17.5米的"康庄大道"，是体现"以地养地"理念的载体。围绕盘活土地资源思路，陈建强和他的团队把规划农村集中建房、统筹基础建设资金、统一流转土地几件大事融为一体。修这条路，不仅让本村50户人家搬进了新居，而且凭借地理优势，吸引了更多跨行政区域的地质灾害搬迁移民、生态移民、水库移民和返乡创业者，在大道两旁建房安家落户。一条路，前所未有的为渔溪沟聚集了人气，打造出休闲观光大道的基础，为新的产业诞生预留了空间。修建大道产生的上百万元收益，又成了壮大集体经济的"新鲜血液"。

像办企业一样经营村庄，一手盘活资源，还有一手就得用企业的模式管村里的人和事。

抱团发展，既能有规模，也能有效率，这在渔溪沟村日渐成为尽人皆知的道理。

"一业为主，多业共生"，村里干部群众都知道这是陈建强为他们谋划的产业融合发展格局。

从村办砖厂发端，村里各个集体专业合作社和股金互助社经过一番分合，最后组建成集体经济合作联社，再由联社发起成立建明果蔬种植专业合作社、集群农业发展有限公司、建群劳务服务有限公司，收购建军建材有限公司，生产经营涵盖了农业、工业、服务业三大产业，渔溪沟村企合一的路走得既扎实又大气。

"334"分配模式在经营村庄的进程中应运而生。

村集体经济企业税后利润被切分成三块，村民、村集体和企业各占其一。农民得到30%的分红金，对发展前景吃下了"定心丸"。村集体有了30%的事业发展金，基础设施建设、低保兜底扶贫、公益事业资金都有了出处。企业有了40%的运营金，除大部分转化为日常管理经费和滚动发展基金外，还有条件向村民发放福利。"三赢"带来三只拳头握起来发力的格局。

这些年，一些回村创业的渔溪沟人，感觉到村里管事管人的"套路"，比他们在外打工时待过的企业还要清晰。

村里的一些新机构和新做法，他们此前闻所未闻。

村企联管工作组，既高大上，又接地气。有权组织召开村民大会、社员代表大会，决定村级重大事务。能统筹选派村干部去企业担任管理员、指导员，还可选拔优秀管理者担任村及事务助理，协助村支"两委"，对接相应部门，争取更多项目落户企业。

党员和入党积极分子，被分别编入产业、维稳、文艺和志愿服务等不同的党小组，"支部建在连上"的要求实实在在落了地。

督管联动机制，让村企生产经营和资金使用情况有迹可循、有人来管；工资联评机制，使村干部、村企管理者、技术人员的奖与罚有理有据。

经营村庄的理念与实践，把昔日的贫困村变成了小康村，先后获得全省"五好基层党组织""民主法治示范村""脱贫攻坚先进集体"称号。陈建强也被评为全省优秀村党组织书记、全省脱贫攻坚优秀共产党员。

走到这一步，他在想什么？他还想干什么？

在陈建强的办公室里，顺着他的眼光望去，渔溪沟村

产业·村庄规划图差不多占了大半面墙。他在图上指指点点，告诉我们，对接乡村振兴的目标，下一步就是把图上的规划更多地变成实际。

陈建强说，忙完活路，只要有空，他总会爬到村里最高的坡上去看看，山上的产业，山下的企业，都是我们带着一村人闯出来、干出来的。"经营村庄，我不算个能人，只是个领头人，带着大家抱团发展。"他和村委会主任黄再明有个十分默契的分工，支书管山下企业，主任管山上产业，携手把经营渔溪沟村的文章做到底。

2019年12月26日

» 冷朝刚的"金钥匙"

冷朝刚是全国劳动模范。

他担任了16年支部书记的思南县塘头镇青杠坝村，在脱贫攻坚中从"穷山村"变成了"小康村"，村子是个远近闻名的老典型。

时间快要进入2020年了，冷朝刚在干一桩事。他要梳理清楚这些年村子变化的来龙去脉，看看进入乡村振兴的路径怎样走才能更有效、更精准。

2019年12月19日，我在青杠坝村见到了冷朝刚。大概是接受采访的次数多了，开初我们之间的交谈，情形多少有些像他名字中那个"冷"字。讲的不过是一些已经见诸媒体和材料的故事，没有多少波澜。突然，他说起青杠坝村能走到今天，是靠了一把"金钥匙"。这"金钥匙"是什么？说者有心，听者也有兴趣，交谈迅速由"冷"变"热"。

冷朝刚说，作为青杠坝村的领头人，干的事有些自己都记不清了，但归根结底，不外乎抓产业发展、抓乡村治理两件大事，为把两件大事抓好，我们朝三个方面使劲：打好"人"这张牌；做好"山"的文章；向感恩教育要内生动力。"两件大事三张'牌'，你发现没有，关键还是要把人的观念扭过来，不等不靠不要，不简单坐享国家政策的好处，提倡通过自己的努力，改变家乡面貌，把日子越过越红火。表面上是村子在变，实际上是人在变，人的思想、精神在变。所以，我们说教育群众是把'金钥匙'。"

冷朝刚的"金钥匙"真有那么灵？

先前一直在同冷朝刚商量事情的一个人答了话："确实很灵！这把钥匙打得开很多把锁。"他是村办企业幸福食品加工厂的负责人王朝轩。

王朝轩算是从青枫坝村走出去的能人，过去在浙江从事企业管理，几年前又作为人才被引回村。

他走的时候，这个200多户千把口人的小山村，人均年收入不足700元，种植经济作物仅50多亩，贫困户达105户350人。由于贫穷，不少村民只有外出务工。外出务工人员最多时接近总人口的50%。青枫坝村到底能不能变？继续待在这里会是怎样的前景？老百姓心中没有底，一些村干部说话也没底气。有的村民说起来倒是振振有词："我们自己改变不了村里的面貌，国家知道了会着急。"于是，一心向上面要政策，坐在家里等政策，等着外面的支持帮助，成了村里一些人的心态和行动。甚至，贫穷也变成人户之间攀比、"竞争"的词语和项目。

他再来的时候，村里的变化却让人刮目相看。

一条柏油马路进村，路两旁一排排白色小洋房与休闲广场、水池、楼阁、草坪相映成趣，全村绿地覆盖率达到80%以上。到村里的花卉苗圃基地、种植园区、养殖园区、农副产品加工园区、乡村旅游园区走上一圈，会感到多元化产业发展的格局很清晰。2018年，全村人均收入已达到1.5万元，户均年收入3万元以上农户，占全村户数90%。村级集体经济收入600多万元，累计资产4000多万元，贫困人口基本消除。

最大的变化在人心。

不少曾经依赖思想最严重的村民，如今成了村里自力更生推动"变"的主力。遇到问题和矛盾，村干部最爱说的一句话是："国家的惠民政策，组织上的帮扶和社会方方面面的资助，都为青枫坝村的变创造了条件。但要让青枫坝村人日子越过越好，最终还靠我们自己！"

为什么会变？冷朝刚给了王朝轩答案："关键是要坚持不懈，又适应对路地教育群众，让他们不是被迫跟我们干，而是满怀激情主动跟我们干。这样，既有合力，更有活力。"

青枫坝村的群众教育很广义。

2016年，核查精准扶贫人口，上面给村里的指标是49户，全村最后核查上报的却只有19户。这事当时就有些争议。

冷朝刚有自己的道理：这些年国家在脱贫攻坚过程中对农村、对农民的政策实在是太好了。我们多占一些精准贫困户指标，就等于给国家又增加一份压力。应该让最贫困的人口享受到好政策，不要再助长争当贫困户的不良风气。说这番话时，冷朝刚有底气：青枫坝村集体经济不断壮大，产业发展取得了实实在在的效益。村里那些介于贫困户和非贫困户之间的农户，与其说是，全靠国家政策、外界支持给他们"输血"，不如说是，村里帮着他们在思想和精神上"造血"，让他们活出威风，活出志气，把自己重新活出个样子来。

冷朝刚问：我们总说要通过教育提高村民素质，这不就是绝好的一次教育机会吗？

乡村治理的一个重要内容是环境整治。在整治过程中，不少村庄都发生过的令行不止的故事，却没有在青枫坝村发生。干部群众有个共同的看法：那是因为村里的教育方式、方法接地气。

大事小情都要请酒，是农村千百年传承下来的风气，这些年虽然情况已经大为改观，但要完全让这种习气消失，既非易事也无必要，如何使它规范化倒是当务之急。过去，青枫坝人请吃酒，但凡席终人散，已是满地狼藉。现在就不同，桌上有抽纸，桌下有垃圾筒，谁想在众人眼光下乱丢垃圾，既没有勇气也不好意思。村民们说，这当然少不了冷朝刚和党员、干部对我们的教育，他们请了两个"老师"，一是现实的生活环境，一是生活中发生在我们身边的实例。

这些年，青枫坝村抓基础设施建设的速度和质量有目共睹。

　　小康房、小康路、村民活动场地、民俗文化长廊，见证着百姓生活水平的提高。垃圾池、垃圾站出现在昔日的穷山村，是破天荒的事。它们会倒逼着群众去适应新的生活环境。冷朝刚说，不可能生活环境变了，生活在环境中的人还长期不变。响鼓不用重锤敲，只要我们稍加点拨，村民就会在事实面前心服口服。

　　抓住生活中正反两方面的实例现身说法，这位群众教育中的"老师"不常露面，一露面就有实效。好的事情不断褒扬，让它传遍全村人户；反面例子遇上一个就决不轻易放过，当事人知耻知错，群众引以为戒。节庆日子鞭炮不能散放，公共场所不能晾晒衣物，村民不得随意去林地砍树伐枝，习惯成自然，都是这两位"老师"教育的成果。

在青枫坝村，形式主义、照本宣科被当作政策教育、感恩教育的对立面。

冷朝刚常常向村里干部讲自己的观点：为什么要对群众进行政策教育？就因为一些村民观点落后，自我发展意识差，难听到政策的声音，看不到外面的发展，才会对发展的道路和前景感到茫然。其实，他们内心也很想知晓政策与自己之间的关系，想参与落实政策的过程。

"这就对村干部提出一个全新的要求，你真的把政策吃透了吗？你能对着群众心路把政策讲活、讲好吗？"冷朝刚认为，对群众进行政策教育是个双向运动，干部不加强学习，不了解群众所想、所急，缺乏理解政策和执行政策的能力，那他进行的政策教育，自然而然会被当然照本宣科和走过场，要大家接受也难。

破解一道题目带来干部作风的大变化。

向群众宣讲政策前，干部不再满足于字面上的了解，而把工夫花在对内涵和与本地关系的理解上。他们说："不想出现我们讲群众不往心里听的尴尬事。"

"我们敬群众一尺，群众在工作中会敬我们一丈。"干部真心实意听群众意见，政策教育多了不少可行性和有效性。

冷朝刚曾经去江苏省华西村考察学习。在他印象中，华西村没有多少天然资源，最大的资源就是人，他们最宝贵的经验是把人这个资源用活了，才创造出奇迹。开展感恩教育，华西经验启发了冷朝刚，青枫坝村的做法有些与众不同。

只是讲党给大家带来了什么，应该怎样向党感恩，村民的生活经历和思想水平并不整齐划一，统一认识需要时间。而引导农民去回想在党指引的脱贫致富路上，自己参与做了什么，又真真实实得到了什么，大家体会就很深。如果把这些年来的青枫坝村比作一个舞台，依次上演的集体发展经济壮大，多元产业"遍地开花"，村庄治理同步进行的一场场活剧，每个村民或多或少都有"戏份"，这些事摆透了、想透了，感恩教育就深得人心。

塘头镇党委组织委员、驻青枫坝村脱贫攻坚工作队长刘国军，对冷朝刚的"金钥匙"说有自己的解读。拿这把"金钥匙"的人自身要过硬，才有说服力。讲政策、抓教育的人不能用群众的语言和适应群众心路把政策精神讲出来，就别急着上岗。这恰恰又与冷朝刚这些年所思所为相通。

靠着一把"金钥匙"，冷朝刚带着一村人整体走出了贫困。他在想：乡村振兴路上，怎样才能让这把"金钥匙"大显威力……

2019年12月27日

》 "走上来"与"走进去"

一个人忙，到底会忙成什么样？在铜仁市碧江区川硐街道板栗园村，我同村支书黄伟打了一次交道，留下的印象很真实，一直在脑海里抹不去。

2019年12月20日那天，碧江区融媒体中心副主任樊韶清和记者何玉琳，上午9时不到驱车带我离开市区，10时左右到了板栗园村。村支两委办公楼里好生热闹，连着推开几间房子，都是人声鼎沸，有人在看电脑，有人在翻查手上的报表。十多分钟里，我们竟没找到个坐处。

黄伟有些不好意思。他请一间房里的人暂时让一让。坐下来还没讲上几句话，又有人来敲门，人走了电话又来了。反反复复折腾了几趟，这位年轻的村支书解释道：板栗园村2017年脱贫，2018年验收，现在忙活的，是核查2019年度户籍人口、残疾人数、低保户等群体情况。参加者有包组干部、村干部、驻村工作组干部、部分帮扶责任人。

"不忙不行。脱贫攻坚没有终点站。"黄伟说，"我知道你们是冲着脱贫攻坚'五人大走访'来的。17号、18号、19号这三天，我走访计划都排得满满的。今天，你们看到的，又是另一种内容的忙。"

黄伟说的"五人大走访"，是2018年3月起，碧江区首创的一种工作方法。所谓"五人"是个概指，牵头者是在贫困村帮扶的县级领导干部，包村领导、驻村扶贫队长、村第一书记、村支"两委"负责人共同参与。"大走访"则是工作方法和作风的一次大转变。过去一些干部与群众的关系是"无事不进门、进门谈公事"，人和人之间形成了一种"隔"。群众想什么、急什么、怕什么、盼什么，干部全然不了解。解决发生在生活中一些不大不小的难事，上面不知情，下面无法办，久而久之拖成了"死结"。"大走访"要求干部走进群众中间，拉家常、交朋友，解开他们的心结。走访中排查到的问题、群众的愿望和呼声，梳理后逐一登记建档，分级分层次解决和回应。

"大走访"涉及面广，干部走进群众中，既要送政策，也要送信息、送技术、送文化、送健康。"五人大走访"，把过去群众有事上来找干部，变成了干部主动走进群众中去找问题。用一些参加走访干部的话说，就是要让农民觉得我们实实在在想走进他们心里。

"五人大走访"催生了很多生动故事。看看黄伟从2019年12月17日到19日为时三天的"走访"行程，就可"窥豹"。

2019年12月17日下午5时50分，黄伟和村监委主任万兆贵来到腊洞坪村民组，同包组干部、包片村干部、党小组长、村民组长一道组织召开村民会，听听大家对这一段工作有什么意见和建议，有些新政策也急需传达到位。开会，是"五人大走访"的一种形式。

这次会开得波澜不惊。20多户人家见到干部异常亲切，拉着去烤火，煮了甜酒一定要他们吃。

原来困扰组里村民的基础设施等大事，通过一次次"五人大走访"，困难、问题都得以解决，群众心里没有了怨气。

晚上8时，一行人赶到白岩村民组，村民会开起来就全然不同。

白岩组村民有两件让他们烦心的大事。

"飞岩谜境"是村里在白岩打造的旅游扶贫项目。田土、山林要全部流转到村级旅游公司，还要建设民宿，由此产生了物产权属、租金等问题。组里蓄水池太小，水源不能满足群众生产生活用水所需。

这个组59户182人，有40位村民代表参会，场面很热闹。黄伟事后回忆，群众意见很多，不讲好的，只讲差的，会开了一个多小时，一句好听的话也没有。

村民组长万国伍一句"要凭良心讲话"打破了僵局，其实他是从另一个角度向村民作解释："谁都知道白岩组离城近，出去打工的人多。你们今天在座的村民代表，不是有很多一年大半时间都待在城里吗？大家实实在在说，这几年组里变化到底大不大？现在有什么事不能商量着解决？"

村监委主任万兆贵本人也经商，他借势向村民算开了账。三年前，组里路、水、电、产业是什么样子？今天又是如何？其实大家心里都有数，说这也没做好，那也没搞好，就不公平。就算夫妻两口子过日子，也不能一方总抱怨另一方，这样，日子就没法过下去。

黄伟禁不住心中一喜，"有人唱花脸，有人唱白脸，这不就为我开了路？"接下来，他一开口，该向村民解释的，进一步解释；该承诺的，继续承诺；对好的建议，表示一定要记下来。村民心中的疑团破解了，闹闹腾腾的会场，一下子没了声音，干部和群众达成了默契。晚上10点钟散会，双方都觉得心中有了底。

承诺了的事就抓紧办。第二天一早，黄伟和参加头天晚上村民会的"五人"，一起到白岩组村民用水源头实地勘查，发现村民反映水池过小确实不虚，而且水池建在沟河中间，不科学又有隐患。重新整改白岩组水源地，迅即列入村里要办急事的议事日程。群众把现场勘查照片发进微信群，得到很多点赞。

当天晚上6时30分，他们又赶到范木溪组开群众会，这会比白岩组村民会还难开，一开开了3个小时。

发展范木溪精品民宿，是东西部协作扶贫项目。根据项目要求，原住民要全部撤离，群众利益牺牲很大。其实这个组只有15户村民，真正常住的仅5家，但5家人的意见也不能忽视。到新的地方建新居，宅基地怎么解决？建设过程中损害群众利益的事时有发生，但往往细小而琐碎：今天这家斧子不见了，明天那家谷草寻不着。村民怎样配合建设，他们心里也存疑，既有政策问题，也有经济问题。"群众利益无小事。村民就是要看我们对小事的态度，判断我们对群众是不是真心。"最后，黄伟告诉村民，会上反映的问题，梳理清楚后，要尽快在村级会上研究出解决办法。这一下，心中有气的村民脸上挂起笑容。

2019年12月19日，这天的行程有些杂乱，但都是围着群众利益转。

上午，村干部讨论扶贫项目分红问题。

中午一点，召开村民大会，审议并通过分红方案。

下午，走访慰问脱贫户。

晚上，走访因病致贫村民。

就在20日上午，他还见缝插针、忙里抽闲，走进4家农户，宣传合作医疗政策。

黄伟说，别以为我给你们摆谈了这几天的流水账，看着是没办什么大事，可从这些细小的事中，可以看出干部和群众的心是怎样一步步贴近的。

"五人大走访"已经成为碧江区脱贫攻坚过程中的一个热词，黄伟的看法代表了干部中一种普遍共识。

用三句话概括这一工作方法的要义：坚持问题在一线发现，坚持工作在一线推动，坚持实实在在解决群众意见最大、反映最强烈的突出问题。带来的直接效应，是前所未有地密切了干群关系。

有了"五人大走访"这个机缘，黄伟一年多时间里，走遍了板栗园村每户农家。"五人大走访"好在哪儿？亲身经历是他认识的根基。

不是有人在质疑，一旦扶贫干部、工作队离开了，帮扶工作会不会难以为继？不会！大走访制度化，理清了干部为群众服务的体系。即便扶贫干部走了，村干部也能凭借这种方法帮助群众解决实际问题。

是群众有事去找干部，还是干部主动找群众去问"事"，看起来只是几个字的不同，实际上区别大了去。过去，黄伟上一些农户家做客，看到的不一定是笑脸。而今，不管走到哪户人家，主人非要拉着你吃饭，最起码得把一杯啤酒喝下去。他觉得"五人大走访"拉近了干群关系，打通了脱贫攻坚中一个重要的"最后一米"。走访中发现的小问题，可以当场解决。大一些的事，梳理后逐级向上明确解决方案，不会拖得遥遥无期。群众对干部的看法完全变了。

黄伟还有个独到看法：通过"五人大走访"，能够发现一些带趋势性的新问题。

脱贫攻坚高歌猛进，但有些现象却是始料未及。有贫困户不想通过自己努力改变现状，而是等靠要，一味想着吃政策"红利"。这引起部分非贫困户不满，甚至在贫困户和非贫困户之间产生了矛盾。怎么办？只有对症下药，一方面鼓励贫困户自立自强，一方面希望非贫困户不要攀比，乐见贫困户打翻身仗；同时，更加注意在执行政策中的公平合理。

板栗园村和黄伟，只是碧江区"五人大走访"取得实效的一例。这种工作方法的推进，不仅帮助不少村庄解决了产业发展、乡村治理中的突出矛盾和问题，甚至也为个别失学儿童重回课堂的"小事"助力。大事小事，都是对"从群众中来，到群众中去"的生动诠释。

离开板栗园村之前，包村干部谢杰执意要带我们上76岁的村民邓万秀家看看。老人见面就喊得出谢杰的名字，她说："国家好，办事的人也好，时不时就来走访我、关心我。我现在是越活越硬气！"

老人家的感受，算不算是对"五人大走访"最朴素的评语呢？

2019年12月28日

» 为燎原之势当颗星火

36岁的刘伟，高高的个子，黑黑的脸庞上透着"高原红"。他在威宁自治县羊街镇双河村当了8年村支书。

刚上任那阵，村里就传他的闲话："可是个憨包？甩起手一年都要轻轻松松赚上个几十万，偏来搞这个支书干啥？"有人嘿嘿一笑："反正双河人是穷惯了，刘伟有什么高招？我们等到看。"

8年过去，当年说这话的人不好意思再提往事。刘伟说让干什么，村里如今一呼百应。老百姓的道理简单干脆："刘伟把村支两委带活了，村支两委又带活了双河村，听他们的话能带来好处，我们为啥不听？"

威宁县委常委、宣传部长肖良宪，极力主张我去会会刘伟。他说，刘伟最大的功劳是"把一潭死水搅活了"，群众口中这个"活"字后面藏着好多故事。

今年4月14日，沿着起起伏伏的山路，我们进了双河村，要看看肖部长的话能不能得到印证。

见到刘伟，他开口一句话，就有些让我们诧异："其实一开始，我真不想当这个支书！"

刘伟口中的"不想"，有两层含义。

一是双河村穷根实在难挖。缺路、缺水、缺产业，致贫的要素全被这里占齐了。

524户1970人散落在5.56平方公里土地上的十多个自然村寨里，通路的村民组只数得出1个。兴隆河、羊街大河交汇，让村庄因此得名，可"望河兴叹"成了残酷现实，几代人都没解决村里吃水用水难题。谈产业更是不着边际的事，种苞谷、种杂粮，目的就是糊口，谁也没想过这片土地除了帮人解决温饱，还能长出什么值钱的东西。

三条穷根，挖哪条都得使出浑身解数，还有很多预想不到的付出。

二是此时此刻，刘伟个人的生意正渐入佳境。

他2001年离村当兵，2003年退伍返乡，一回来就同市场经济打上了交道。羊街镇滇杨树多，占去不少好田好土不说，遇上刮风下雨还容易倒下来砸断电线伤着人，木材在本地又卖不出好价钱。当兵让刘伟开了眼界，也交了朋友，他上云南昆明大板桥市场逐家打探，真有商家对石门乡的木材感兴趣。选定合适买家，回村收购四村八邻农户手中的木材，组织七八十车货运往市场，"第一桶金"让他获利20多万元。后来，买下自己的大平板货车，专司批发销售的"朋友圈"越来越大，交易内容也扩大到蔬菜瓜果，长途贩运成了刘伟的新"职业"，年收入几十万元，板上钉钉。

当村干部，当时年收入6000元。两笔账，大家都会算，所以有人向他提出当支书"值不值得"的问题。他自己头脑里也悬着好多问号。

还不仅仅是个钱多钱少的事，从一个人闷声憋气赚钱到带着一村人挖穷根脱贫致富，是一种精神境界的跨越，说说不难，真正落到谁头上都非易事。

刘伟说："2012年，我人生像面临一场考试，答案只能说'是'或者'不是'。上级领导给我讲了不少道理，当然让我震撼。但最终加了一把推力的，还是让父辈们至死也无法释怀的那些'遗憾'"。

刘伟爷爷是老党员，做过村干部。父亲在村里当了几届支书。在他印象里，爸爸每月只有50元补贴，付出的艰辛却远远不能同这点报酬画上等号。"好多时候是天不亮出门，夜深了回家，不论刮风下雨。有时上乡里开会，事情多，路不好走，当晚回不来，住一夜旅馆就把一月补贴花走一半。""他们宁肯让家里地荒了，也在为大家的事拼死拼活，就是想让村里彻底变样。可惜啊，最后他们没看到这种变化，留下终生遗憾。"刘伟接下村支书担子时，说了心里话："爷爷和爸爸没走完的路得有人继续走，要有人去实现他们的心愿！"

如果说，父辈的感召使得刘伟这位新任村支书壮怀激烈，那么，几年的经商经历，又让刘伟懂得讲究布局和招数，谁先谁后、孰轻孰重，办村里每件事都有规矩。

打不通路，接不通水，群众就不会相信改变双河村面貌是真话，跟谁干都没信心。

于是，刘伟和村支两委画出了这样的路线图——

第一届任期，保证让所有自然村寨都通路。

第二届任期，确保水泥路通到家家户户，自来水接到村村寨寨。

刘伟说，做生意要讲信誉，带着群众改变贫困面貌也一样，做出了承诺就收不回去。困难再多，你咬着牙坚持干，大家心里才有底。近18公里的通组路如期建成了，白花花的自来水流进每户村民厨房里，比你发什么誓表什么决心讲什么道理都管用。群众相信你，你有动力，他们更有动力。

发展产业，难度显然大于基础设施建设。

曾经的商场历练，让他想出个别样的开局。

2015年，双河村制定产业规划，在外打工者和当"老板"的人，都被请回来同村民们坐在一起。刘伟提出的问题让大家深思：双河村土地肥沃、光照充足，又有地理优势，为什么祖祖辈辈只能靠种苞谷、洋芋过着半饥半饱的日子？发展什么产业，才能不浪费了双河村的天时地利？

这样的"恳谈会"开了三四次，干部和村民思路越来越清晰：双河村发展产业，还得在种植上下足功夫，靠高效农业让大家腰包鼓起来。而且操作的定位也很具体：河边坝子种蔬菜；梯坎地带种鲜果；山地种干果。

也是好事多磨。第一年组织村民种下近700亩莲花白、莴笋、花菜，刘伟承诺保底全收。没想到，头一脚就踢得不顺利。经过村里的一座公路桥拆除重建，刚成熟的菜运不出去，眼睁睁看着它们一片片全烂在地里。村民欲哭无泪，刘伟痛在心里。痛是痛，他首先想到的还是兑现向村民的承诺，这一次他个人损失了47万多元。第二季菜价好，刘伟才把损失补上，但他认为更大的收获是稳住了人心，双河村蔬菜产业从此风生水起。

2016年、2017年间，刘伟个人出资120万元，修起200个蔬菜大棚，建了冷库，派发给乡亲们使用，讲定将来大家种菜有了收入再偿还。这一招还真灵，从2016年起，全村种菜面积稳定在1500亩。热天小瓜、辣椒、西红柿当家，冬季莲花白、花菜、莴笋唱主角，蔬菜种植成了双河村年产值上千万元的"支柱产业"。

种植软籽石榴，也是双河村发展产业的重要角色。刘伟同样有故事。

几年前，他在昆明与战友聚会，无意中吃到一种每

斤价格28元的石榴，品质和口感都给他留下深刻印象。当年，他买了10棵树苗到村里试种。2017年，他组织村支两委人员和村民组长，实地到软籽石榴产地云南会泽县考察，认定双河村完全可以成为软籽石榴的"第二故乡"。刘伟垫资25万元买回大批树苗，全村软籽石榴种植面积达到3000亩，去年已经有200亩挂果，一亩产值达到3000多元。

解决"三缺"，双河村脱贫攻坚由此破题。2019年，全村人均收入达到10800元，而刘伟接过村支书担子那年，这个数字是4000元。

刘伟说，他觉得村里其实还有一"缺"，解决这个"缺"，或许比其他更重要，所指当然是农民素质提升问题。"在改变双河村面貌的过程中，村民焕发出可贵的积极性和创造性，但陈旧观念和落后习惯也一直是前行中不小的阻力。"2018年3月，双河村投资3万多元，在中心小学开办"涌泉班"，初衷就是从孩子抓起，让他们从小既懂得感恩，又生活如清泉般静谧，这当然是冲着社会上种种负面思想、不良精神文化现象来的。

刘伟现在有个新职务：羊街镇农民生产合作社董事长。他的工作任务当然也包括提升农民素质的内容。

威宁县的同志告诉我，作为省内由国家挂牌督战限期脱贫的9个县之一，任务多重多难，可想而知。但基层有很多像刘伟这样的村干部，他们都如星星之火发光发热，最终是会点燃燎原之势的。

2020年4月18日

» "我在这里如愿以偿"

石门乡偏居威宁县一隅。省里一位领导同志去了后说，这大概是贵州最边远的地方了吧？

从石门乡政府到团结村，又是好长一条路，时而山腰，时而山顶；突然，又会降到谷底，让你觉得，这哪是坐车，分明在坐船嘛。只通老路时，从县城到这个村，车要开5个多小时；而在高速公路上驾驶，车子3个多小时就能从县城开到贵阳。

既远且边，再加上穷，团结村就把这样的"第一印象"，留给一个个从外边来，去造访它的人。

4月14日下午将近6点时分，我到了团结村。同家在威宁县城、也算"外乡人"的贵州大学毕业生胡钧溥一交谈，就有新发现。他说："在这里干了三年半，我一直感到挺开心。"

胡钧溥这么说，是因为在这里干缘于一个终于使他"如愿以偿"的决定。

今年27岁的年轻支书，大学临近毕业时，给自己规划了两条道路：要么去大城市创业，要么去最基层最边远最穷的地方，体验民情、锻炼自己。

2016年10月，他作为省委组织部选调生到石门乡政府工作。两个月后，被下派团结村担任村支书。岁月荏苒，他对团结村贫困的原因了解越来越深，与大家想的办法找的路子也越来越多。

团结村的穷，胡钧溥来之前已有所闻。可进村后，耳目所及，仍然让他难过。

421户1679个农民生活在这片高原土地上，除了种点苞谷洋芋、养两头猪满足自给自足的要求外，基本上没有其他经济来源。人均年收入3000元左右，贫困发生率43%以上。

团结村脱贫奔富的难度，大得很！

可在一些村民眼里，对这个自愿来到深山大壑、领着大家同贫困作斗争的年轻人，偏偏还闪露出几分不信任的神情："咋来个这般年纪的人当支书？""过去的支书都选年纪大、有威望的；他，到底行不行？"在这么个穷村，新支书上任，一石激起千层浪，人们在观望他到底会有什么作为。

胡钧溥三年半之后回顾在团结村的经历，感慨颇多："我没有三头六臂，但喜欢研究观察事和人。知道老百姓想什么，要什么，缺什么。要帮他们的事就下死力气去办，哪怕自己做出牺牲。想干成一桩事情，一个人单打独斗效果肯定不好，在农民中间选好带头人、示范者，作用往往出乎意料。悟出这些道理，是团结村对我钟情于它的回报。"

帮农民要下死力气，帮在点子上，"抓水"就是一例。

胡支书说，团结村每个寨子通水，后面都有一个故事。所有村干部、驻村干部在尽力，当然也包括他自己。

野猫扎村民组，离水源点远，山路难行，村民挑水要走半天；可挨村委会却很近，组里的人三天两头会来找胡钧溥和其他村干部讲用水上的难处。为了找适合安装供水设备的水源，村干部们用镰刀在荆棘丛里开路，胡钧溥还从山崖上掉下来摔伤。野猫扎到底通了水，胡钧溥也敢理直气壮地去组里召集村民开会。原来，他心里一直有个结：向群众承诺了的事没有兑现，站在大家面前就有些不好意思。

他认为，群众很多时候都爱认"死理"。你在台上把大道理讲得能开出花来，最后，他们还是要看你是不是为他们的事下实心、出实力，这是群众判断跟不跟着你干的一把尺。

在团结村这样基础条件不理想的地方抓产业，胡钧溥也有自己独特的感悟："抓基础设施建设我可以拼死拼活，为大家带个头。抓产业发展，那主要看我带大家选的路对不对，找不找得到好的示范者。有时候，他们的成功示范远比我们的号召管用。与其去地里拼死拼活，不如把这两件事抓好。"

根据团结村地理、历史、土壤、气候特点，"村支两委"选定的产业发展方向是养蜜蜂和种紫皮大蒜。

把养蜂发展成产业，胡钧溥心里反复算过账：

团结村百姓有养蜂习惯。发展养蜂事业能促进种草种树，也符合保护生态、绿色农业要求。时间、资金、劳力投入都不高，产出却不低，每斤蜂蜜价格可以卖到150元。

但也有难题。村子海拔高，正处于冷暖气流分隔带，冬季气温偏低。为保护蜜蜂，必须把蜂箱整批运到地势较低、气温较高的云南境内过冬。

这不，问题来了：运输过程难免碰撞，老式蜂桶作搬运工具，造成蜜蜂大量死亡。

胡钧溥查阅资料，请教专家，发现改用"朗式蜂箱"，运输距离再远，也能确保蜜蜂"零损伤"。

村里没人见过"朗式蜂箱"。他从县城买回一个，抱到各个村民组养蜂人家中，却没人敢用。后来，通过对口帮扶团结村的省委办公厅联系安顺夜郎蜂业公司，得到了几个包路费、包吃住的学习名额，可没人报名。最后，只好半命令半自愿地指定3个村民去参加培训，他们成了团结村发展科学养蜂的"星星之火"。村民罗仕永学习之后，眼界宽了，头脑开了窍，养蜂群几年来增长了几十倍，从2017年的9箱发展到现在的80箱，一年养蜂产值就有七八万元。

团结村已有60家养蜂户，全村有蜂400多箱。"从产业需求的规模看，这还不算大，但它前景很诱人，完全可能成为农民脱贫增收的有效路径。能做成多大气候，还得看罗仕永等示范户发挥多大的作用。"胡钧溥这番话里，有喜悦，有感悟，更有思考。

种紫皮大蒜，是团结村脱贫产业的另一个选项。

　　这里面，同样镌刻着胡钧溥们因地制宜、因时制宜、因人制宜敲定发展方略的印迹。

　　团结村土地破碎，阴雨天多，不利于传统作物生长。而且由于运输成本高，发展附加值低的产业，于村于民意义都不大。

　　他们看中了紫皮大蒜。

　　决定出之有据。大蒜喜水，团结村常降夜露，不利于很多作物生长，却对了大蒜的路，劣势转为优势。紧邻的威宁中水镇有"中国紫皮大蒜之乡"美誉，每年种子需求巨大。无法比商品蒜规模，可不可以在提供种蒜上打主意？团结村地理气候条件更有利于种蒜种植，种蒜价格又高于商品蒜，团结村要当"中国紫皮大蒜之乡"的种子基地。

　　中水镇的"种蒜老板"，来团结村老乡家里，出6元一斤的价格买种蒜，本来属于民间交易。一些村民发现有利可图，开始扩大种植规模，而且获利颇丰。这些人理所当然成了团结村发展大蒜产业的示范带头户。两年来，全村累计种蒜400亩，获利高的农户单项年收入达到1.3万元。

　　"有这些人带头，不用我们费多大力；今后在产业发展上还有更多好戏。"

　　派驻团结村"第一书记"杜德斌，是来自县投资促进局的80后干部。他眼中的胡钧溥，敢想敢干还会干；老百姓缺什么、想什么、盼什么，他心里都有数，还晓得挑选什么样的人带着大家干，这一点似乎与他27岁的年龄画不起等号。村里不少人说他"很阳光"，"有点老支书的样子"。

胡钧溥听了一笑："其实，我心里也常常风起云涌。"

大学同学中，只有他选择了到最边远贫困山村工作。"翻看手机上的朋友圈，对我来说，常常是件忧伤的事。不少同学工作在城市，他们在手机上爱'晒'同学见面、朋友相聚、吃喝玩乐的画面。而在我这里，夜深人静时，只有一片蛙鸣、一阵犬吠，寂寞中有淡淡的忧思。"可从总体上看，他还是觉得在团结村三年半的时光，得多于失："它为我了解中国最底层社会提供了一个样本，也为我在脱贫攻坚伟大事业中出力提供了一个舞台。"他想，自己迟早会离开团结村，但不论到哪里，这里老百姓生活的变迁，都会让他一生魂牵梦萦。

　　说话间，他向我透露了一个"个人秘密"，27岁的他仍是单身。"我想，今后的那个另一半，应该是知道我为什么来团结村、理解我在团结村干了些什么的人。"

2020年4月19日

» 找到打开心门的钥匙

威宁县秀水烟叶站副站长马黔，今年34岁，却有4年多脱贫攻坚第一线"作战"的经历。当过两年多驻村"第一书记"，做了两年多驻村干部。

今年4月15日，我和他有一次交谈。话题是：在国家挂牌督战的威宁脱贫攻坚战场上，作为派驻扶贫干部，你在想什么？你在做什么？你又能做些什么？

马黔朗声一笑："这题目大了点。不过，我可以把自己的故事告诉你，将就这些故事实话实说。"

马黔说，到深度贫困村去当扶贫干部，不论时间长短，其实都要经历摸透农民心思；然后，实现心贴心；最后，带着大家同心干的过程。

"怎么才能心贴心？办法只有一个，再难啃的硬骨头，也得想尽办法啃下来。这样，老百姓才相信你真的和他们一条心。"打易地扶贫搬迁这场硬仗，马黔碰上的棘手事多；因此，感受也深。

在秀水镇新田村当了两年零八个月的"第一书记"，

要说组织动员村民易地扶贫搬迁有多难，他讲得出一串故事。

新田村坐落于牛栏江上游高地平台。站在峡谷上方看得见江水奔腾，村民却一直为用不上水所困，这是个以缺水为特征的深度贫困村。搬迁，是彻底解决新田贫困顽疾的不二选择。

可乡亲们偏偏"安土重迁"，宁愿渴死、苦死也舍不得离开这片故土。几年前，政府在村里组织移民搬迁登记，安置点是距离新田村60公里、县城附近的五里岗雄山街道办事处。新区里一幢幢楼房高大敞亮，水电气一应俱全，住户还可享受不少优惠待遇，搬迁户每人能分到20平方米的住房。同老旧农舍相比，就是一个天一个地。奇怪的是，过了好长一段时间，报名登记搬迁的农户依然不多。

"我搬过去吃什么？""离开了土地，我们靠什么生活？"干部走门串户，听到的差不多都是这些话。

"不要把它简单地解释为农民对土地的依恋，其实是因为他们对新的生活环境、生活状态捉摸不定，而产生的一种真实焦虑。"马黔说，"细分起来，这种焦虑又各有各的不同。我们的工作任务定了，就是对症下药，千方百计地去各个击破焦虑。"

事情办起来，难度远远超过"说"。

75岁的村民赵贤乖，儿子因车祸去世，儿媳妇离家出走，丢下3个孙子与爷爷奶奶相依为命。

望着几间四处开裂的土坯房，老人家一脸无奈："哪个不晓得要搬的新家远胜过这个破家，可我们这么一大把年纪，家里没个年轻人帮衬，几个孙孙还小又打不了工。要钱没钱，要粮没粮，一家子搬进城，你看我们咋整？"

县里干部去他家做工作，回来直喊头痛。

马黔跑赵贤乖家不下50次，渐渐摸清了"痛点"，工作重点就定位于为这一家老小找解难之策。

"你家应该算标标准准的零收入，搬过去民政（部门）肯定要给资金扶持。"

"对搬迁户有雷打不动的政策规定：保证一家有一个人就业。大孙孙满了18岁既可以外出打工，我们也可以就近联系工作单位，哪头收入高上哪头。"

"您老人家放心，我们对你们一定会管到底！"

交心话不知说了多少。几经反复，老人还是犹豫不定。最后，选择了个折中的办法：政府补助3.5万元，自筹资金8万元，在原地盖一座70平方米的新房。

也算差强人意。没想到，最后是赵贤乖大孙子一场"亲情攻势"，让老人家彻底改变主意。

"爷爷，自家盖房要8万元，我们几个打死也拿不出。你们年纪大了，在搬迁的事上何必较死理。现在，年轻人都想着办法进城，别的不说，你们能不能为我们将来的发展多想些嘛？"

孙子这话真的触动了赵贤乖。千思万虑，想搬不想搬，不都是为了他们？老人两手一搓，把决定搬迁的事定了下来。今年，他们家将搬入五里岗新居。

通过赵贤乖家搬迁从难到顺的实例，马黔总结出经验，时常和其他驻村干部摆谈："碰上可以称为硬骨头的工作，要让群众真正心通口服，开大会是表面活路不解决问题，每家有每家不同的难，硬是要挨家挨户去了解他们的心结心事，有针对性地施策。"

这一招灵不灵？有事实为据：难度很大的新田村易地扶贫搬迁工作渐渐打开局面，2018年9户村民搬迁，2019年58户村民搬迁，印证了马黔的话，千方百计想办法，再硬的骨头也啃得下来。

千方百计拉通拉近干部与村民的距离，再难的工作也好做，这是马黔从实践中悟出的又一个道理。

根据政策，一部分村民可以就地改建新居，新田村民组村民袁毕相，属于危房改造户，却一直不见他家有拆房建房的动静。

袁毕相能识字会打算盘，早年间当过生产队会计。他对干部的不信任有些根深蒂固："村干部说要拿政府补贴的钱让我修新房，我不相信，保不准他们会从里面吃回扣。"

后来，不知咋的想通了。新房开建那天，马黔建议由村里请人放线定地基。谁料袁老头一脸不快："你想放就去放，你们愿咋整就咋整！"其实，还是怕村里干部乘机"吃钱"。马黔回答也有底气："全听你的，你请任何人做都行。"袁毕相一听笑了，不过这笑容没保持多久。

原来，他请来的人左盘右算，结论是光靠政府补贴的3.5万元建不起新房，资金缺口还有1万元。袁毕相找上门，马黔千方百计想办法。

也是事有凑巧。对口协作帮扶新田村的广州市番禺区石楼镇党委书记正在秀水镇上，"帮建不起房子的农户建房"是他们重要的帮扶内容，让袁毕相愁容莫展的1万元资金缺口很快补上了。2019年8月，他一家搬进新居，见着马黔，袁毕相高兴得不行："我们的干部还是实实在在为老百姓干实事的。"以后，再听见有人对村干部这不满那不满，他都会拿着自己家的实例去说理。

秀水烟叶站另一位副站长、新河村"第一书记"李文全也与马黔有相似的感悟。

新河村村民蒋永相是个残疾人，脾气倔得出了名。村里调整农作物种植结构，他不配合，守在苞谷地里讲硬话："管你们讲哪样，我就这样栽了，还能咋整？"李文全知道"霸王硬上弓"不行，最好的办法还是同他谈心交心。

"也不是我不愿调整。就怕你们今天这样明天那样，最后吃亏的是农民。"

"这你放心。调整种植结构就是为了保护和发展你们的利益，你觉得种苞谷可靠，可以适当保持大一些的比例，不过还是多一些种植品种，最后对自己有利。"

谈心之后，又是算账；最后，蒋永相口服心服。

李文全说，脱贫攻坚一个重要任务是改变和提升农民的思想素质。做好这件事，需要做很多细微的以心交心、以心换心的工作。

一些农户在脱贫攻坚致富过程中有等靠要的思想，你讲大道理或者简单地批评他，效果并不好。就身边事教育身边人，是一种特殊形式的以心交心、以心换心。

一位村民在收入和财产上爱"打埋伏"，总说这没有那没有。问他身体，一身都是病。无非是想赢得同情，多得些政策优惠。没承想进城去应试保安员，这招却让他吃亏："身体那么差，还来当什么保安？我们不是慈善机构。"

李文全们就用这个实例教育农民。平常养了猪喂了牛种了果，又总想"打埋伏"的村民扪心自问："看来耍巧不是长远之计。"这一招，又打通了好多村民的心。以心换心有时还要带点乡土味："你不是想着娶媳妇吗？总说

自己穷，哪家姑娘敢嫁你？"村民会心一笑，干部和他的心又贴近一步。

秀水烟叶站站长丁开贤很为自己单位出去的这些扶贫干部骄傲，也被他们和村民打成一片的心思和行为感动。他说："人上一百，形形色色，看一个扶贫干部成绩如何，不能光讲干成多少项目，取得多少经济效益。要看他手中有多少把钥匙，打得开多少扇心的门。"

2020年4月20日

» 知心才能齐心

在紫云自治县五峰街道红光村，我结识了两位基层干部——村支部书记王斌和派驻第一书记杨津，他们都是性格特点鲜明的人。

从部队退伍，王斌到县人武部工作。打响脱贫攻坚战，他因为善"啃"硬骨头，渐有名声。2009年至2017年期间，王斌先后到两个支部瘫痪、班子涣散的后进村当支书，结果后进村成了先进村。2017年底，他又被调去红光村任支书，几年时间，这个自然条件十分恶劣的深度贫困村变化喜人：2019年，人均收入超过9000元。

转战3个村打硬仗，有多苦，有多累，值不值？王斌对这个话题看似不大感兴趣，可心里却又很在意。走村串寨，遇上男女老幼真心实意喊他一声"王书记"，招呼着喝碗茶吃口饭，他脸上便笑成了花："值了！老百姓真把我放在心里了。这是对我的回报啊！"有时，他会突发一些"奇想"。比如，等把脱贫攻坚的事忙完一阵子，说啥也得找时间学会开车，理由是："这样上农民家，帮农民办事，不就更方便？"

杨津是企业干部，由黄果树旅游集团派驻红光村。

这位"第一书记"，最近却说自己一下像个猪贩子，一下像个鸡贩子。

2020年5月7日下午，红光村气温在33℃以上。杨津一边擦汗，一边给我翻看着手机上的信息："5月7日拖猪，确保每头猪300斤以上。"

"这是客户提的要求。光本村的猪肯定不够。这不，今天早上，我才到外县'倒'了一趟猪，村集体合作社实力做不强，脱贫攻坚是空话。"

杨津进了红光村，就向其他扶贫干部和村干部讲明："我们来是为真心帮扶，不是来走马观花，做表面文章的。办没办实事，帮没帮在点子上，要看老百姓心里怎么看，他们认不认账。"

红光村人最记杨津的好，便是他为庄户人家生产的鸡、牛、猪找到了稳定的销路。"红光生态土鸡""红光牛""红光猪"，通过他牵线搭桥，在黄果树旅游集团下属宾馆酒店、职工食堂打响了牌子，这样一来，村民生产积极性不愁不高。

为了红光村的事，杨津忙得不亦乐乎。他刚向我算了一笔账："把销路理顺了，红光村的产品越来越俏市。原来账上只有几万元钱的村集体合作社，现在家当有好几十万！"话一说完，不知又忙啥去，人不见了。

2017年12月，王斌到红光村走马上任。

"村支两委"办公场所就两间旧房，村里脏兮兮，干部心不齐。有人半明半暗放风凉话："看这烂摊子，谁能把它收拾了？"

王斌和安顺市、紫云县来的扶贫干部，团结村干部一起发力，把一句话喊得让全村人都知道："我们就是来为群众解难的。"

红光村群众的难，显而易见。

全村229户956人，占地6.5平方公里，却找不着一片大点的平地。本就地力贫瘠，加上不通路和缺水，世代贫穷，在这里像是不变的定律。

讲难谁都知道，问题是谁来做解"难"的人。

两个离村委会所在地最近的村民组，直线距离都不过一两公里，可不通路。老年人上村里，翻山越岭要走个把小时，年轻人骑摩托车，先要绕行县城，辗转12公里才能进村。

王斌当领头人，运用政策整合资金，修通六七公里的道路。村民们议论开了："这可是真干啊！"

红光村境内没有河流，没有水井，村民吃的是"望天水"。王斌把新修维修一批水窖水池当急事大事抓，而且抓出了成效，群众看出了扶贫干部、村干部对解自己的"难"是实心实意，再有大小事情，"我们听你的！"这声音越来越响亮。

对此，王斌的体会既简单又深刻："你要让群众相信你，明白你拿的每一个主意都是在替他们着想，就得干出几件和群众心贴心的事。"

在红光村这样的自然条件下发展产业，村民想得最多的是什么？最担心的是什么？最希望的又是什么？

王斌和他的团队伙伴，逐一在村民中摸底，最后理出了头绪：与其坐等上面安排种啥养啥试种啥养啥，不如千方百计让"天线"接上"地气"；在遵从产业导向的大前提下，因地制宜发展在当地有一定基础，符合群众习惯和心理，又能打开市场销路的产品和产业。这样，把群众发动起来相对容易，带着群众干也能够见到实在的效益。

把红光村打造成樱桃村就是一例。

说来也怪，村里土地连苞谷都长不成气候，却能种樱桃。一些村民组家家户户都有几十棵樱桃树。红光村的樱桃品质好是好，只可惜成熟期晚，打不了时间差，价格上不去。

能不能通过改良改造，就势把樱桃的种与卖发展成优

势产业？能！

村农民专业合作社负责人王健康，在毕节市大方县有亲戚。看到当地由车厘子与樱桃树嫁接而生的"玛瑙红"樱桃，品质好、口感好，成熟期比紫云本地要早十到二十天，就动了引进的念头。

王斌和村干部果断决定，按8元一株的单价买回1万株苗。2016年栽下地，如今已进入盛果期，市价卖到每斤30元。栽下的418亩樱桃树，去年收益60万元，今年收益可达100万元以上。

本来就有种樱桃习惯的红光村民，看到品种改良带来这么实实在在的好处，谁不跃跃欲试？目前，村民们自发种下4万多株"玛瑙红"樱桃苗，村里免费提供种苗。王斌颇有感悟："这说明一个道理，靠发展产业脱贫是顺天时，具体发展什么产业就要讲究顺地利与求人和。有了这两点，像红光村这样的深度贫困村，找到可持续的产业发展路子，也不一定就是天下第一难事。我看，照现在这样搞下去，红光变成千亩樱桃村不成问题！"

发展养鸡产业，在红光村也是方兴未艾的一件事。

王斌有这个雄心，杨津助了一臂之力，他是个往火里添柴的人。

"第一书记"杨津来到红光村，做过一次调查。全村有25个老养鸡棚，养着600羽左右绿壳蛋鸡。这些鸡喂了两三年，下不出蛋还空耗饲料和人力。他同王斌商量，把绿壳蛋鸡全部处理掉，由黄果树旅游集团出资30万元，重建

50个鸡棚，养殖芦花鸡4000羽。

王斌、杨津不是拍脑袋拍出的主意。

他们仔细算过账，红光村四面环山，气温适宜，虫子多、草多、苞谷多，养鸡品质有保证。发展养鸡业又得到黄果树旅游集团大力支持，同意他们拿着"红光生态土鸡"到集团下属宾馆酒店和可供千名职工用餐的食堂"市场"上一试。

2019年11月，杨津和几个扶贫干部，提着红光村养出来的5只芦花大公鸡，来到集团下属一家宾馆。宫保鸡丁、青椒鸡肉、干锅鸡、黄焖鸡，四个"鸡菜"一上桌，就调动了一个广东旅游团众多团员的眼神和味蕾。"红光生态土鸡"从此一炮打响，村里与宾馆顺利签约。今年新冠肺炎疫情发生前，村里4000羽存栏鸡已全部售完。

安顺市中级人民法院蒋浩院长，是市里与红光村对口的"帮扶书记"。他协调资金15万元，又帮助村里建起50个鸡棚。王斌信心由此倍增，他认定饲养万羽鸡目标不久就会在红光村实现。

谈起往事和正在做、将要做的事，王斌的感悟颇有个性。

"说到底，可以用知民心、顺民心、引民心三句话概括。"

群众为路、水所困，你实实在在去了解他们所急所求，就是知民心。千方百计帮他们解了难，就赢得了民心，群众就相信跟你干对他们有好处。

　　发展产业不能简单地当一桩任务来完成，而要为村民长远利益考虑，在因地制宜上做足文章，这便顺了民心。民心一顺，百事不难。在民心顺的基础上"引"民心，向技术、质量和市场要效益，这样发展产业，方方面面都满意，而且前景喜人。红光村发展樱桃产业、养鸡产业，路就是这样走过来的。

　　陪着走访的五峰街道办事处主任胡伟，几句话做了点评："这些话，看起来没有很强的理论色彩，但道理却不浅。紫云正处于挂牌督战限期脱贫的关键时期，像王斌、杨津一样，明白这个道理的干部越多，我们完成任务越有保证。"

2020年5月9日

》打郎村里 "解题人"

紫云县不少乡镇深嵌于麻山腹地,贫穷和闭塞如影随形。

与生命和绿色抢夺空间的石漠化,被岁月弄得破碎贫瘠的土地,不通路、用水难、缺产业,都是造成深度贫困的症结。

这样的地方能不能彻底改变面貌?又该怎样改变面貌?进入挂牌督战脱贫攻坚的关键时期,自然而然成为高度聚焦的问题。

紫云县委宣传部的同志说,百闻不如一见,带你去这样的乡村实地看看,那里的人和事,或许会帮助你找到答案。

就这样,2020年5月8日上午,我们出发,要去宗地镇打郎村。

眼前该是怎样的景象?

离宗地镇越来越近,地形地貌却与平常所见乡村没有太大差异。经过一个叫打饶的村子,但见一片平坝,不算大，却让人感觉舒心。远山近山也是蓊蓊郁郁的，长满苍翠的乔木。

"这哪是什么石漠化的所在？分明是田畴青山惹人醉啊！"

"别急，再往里走，就大不相同了。"

这话果然应验。

随着山路越来越陡峭，景观在变。

乔木变成灌木。遇到枝叶稀疏处，还一大片一大片地裸露着石头。

从高处的公路往下看，群山环绕中有一处处"天锅"样的小块平地，便是寨子和民居的所在。

七扭八绕，又经过一片石漠化"领地"，到了打郎村。

"打郎"音译自苗族语言。出来迎接我们的，是65岁的苗族村支书杨光明。看他满脸风霜，就知道这是个有故事的人。

他还真讲出了不少故事，关于自己，关于打郎村。

杨光明就是本村人，经历却比一般村民丰富得多。1979年从部队退伍回乡，前前后后，做过打郎大队支书、打郎公社会计、打郎乡党委副书记、副乡长、副主任科员，还长期兼任着打郎村支书。

2012年3月，杨光明到了退休年龄。乡党委书记、乡长和纪委书记把退休证交到他手里，除了祝贺，还多了一句话："交给你一个任务，这打郎村支书，你还得当下去。"

杨光明答应得挺干脆，脑子里那些一个个往昔的镜头，隐隐现现，拂之不去。

他知道，打郎村条件太差，挑这副担子太重，要让打郎村改变面貌真不容易。

在云南蒙自当兵时，看到当地不少乡镇通了柏油路，农民家也用上了电灯。杨光明想想自己退伍的日子近了，兴冲冲地跑到县城买了电灯泡和灯座，准备回乡以后派上用场。谁知退伍后，灯头放在家里生了锈，家乡也还没通电。

从部队回乡的路，让杨光明终生难忘。从县城坐马车到宗地乡，再往前就没路了。只好迈开双腿走。扛着背包，从中午走到下午五六点钟，才回到让他既眷恋又充满忧郁的打郎村。

245户1195人的打郎村，绝大部分村民是苗族。除去少数年轻人之外，年纪大的和年龄小的都基本不会讲普通话。村里没有水源，上本乡的鼠场河或者罗甸县的三岔河挑水，来回都要用六七个小时。一天一挑水，说水在打郎金贵如油，没有人不相信。20世纪80年代，一些沿海省市的人偶然来到这里，一方面为山里人坚韧的生命力称奇，一方面又为山里人如此艰难的生活条件诧异不已。

为了打郎村，杨光明话不多，可实实在在做的事却不少。有些事，他一时都记不清了，可老乡们一件也没忘记。几年时间，全村从不通路到通村路、通组路、串户路全部打通硬化，加起来有30多公里。过去长年喊"口渴"，现在家家建起30立方米水窖，为了保证清洁，还全部配装了净水器。学校、幼儿园也在这片古老荒僻的土地上拔地而起，一时成为新鲜事。

打郎村变了。杨光明小学时代的老师，后来调到县教育局工作的张启明，退休后，来了次打郎村。眼前的一切让他吃惊："这不像是打郎啊！这哪里是我记得的打郎村。"

杨光明把欣喜藏在心里，面容静若止水。对上面来的领导，对村里寨里的乡亲，他爱重复一句话："打郎村在基础设施建设上的突飞猛进，最主要还是靠了党和政府的政策支持。能不能在过去根本没有什么经济活动的穷山村发展起产业，才看我们的真功夫。"

他是个实打实的人，不爱夸海口，知道不从打郎村自然条件和群众素质现状出发，想发展产业心再急，也难干

出像样的事。

"新""老"苞谷之争，是打郎村种植业从解决温饱向产生效益蜕变的试水之役。

农民爱直观地看问题。"本地苞谷秆秆能长到1.7~1.8米，杂交玉米只有1.3米。小棵小棵的，看不出它好在哪里！"杨光明和村干部背着杂交玉米种子上门，劝老百姓免费试种，村民偏不领这个情。卡耳组村民罗国华母亲是个盲人，他奚落来送种子的杨光明："这苞谷只合我妈种，反正它们个头矮，她摸到一个算一个。"没想到，杂交玉米收下第一季，头一个后悔的也是他。农民会算账，杂交玉米种下来让他们明白一个道理：我们这片土地照老法子种，只能糊口；变一下花样，土里就能生出钱。杨光明说："这就达到了目的，农民都知道向土地要效益，产业发展的路就好走了。"

这几年，打郎村发展起养蜂业，养殖蜜蜂规模达到550箱。村民们说，村里提倡养蜂，那是一举多得的事。蜂蜜卖价高，群众经济上可以受益。养蜂就要培养蜜源。村里流转1200多亩土地，种植甜荞、紫花苜蓿、向日葵。这3种作物，单独来讲，结下的果实或者茎叶，都可以当商品卖。它们一季轮着一季地开花，喜坏了蜜蜂，也绿化、美化了昔日的穷山恶水。这一点，又暗合村民们希望改变生存环境的愿望，他们没有不热烈欢迎、积极参与的道理。

组织养殖本地花猪，引进养殖血红毛鸡，也是一方面考虑打郎村自然条件的实际，一方面考虑群众意愿、习俗和市场需求之后做出的决定。

"我们可以把打郎村产业发展战打得红红火火，但实事求是地看，相当长一段时间里，通过外出打工，转移一部分人口，减轻一部分压力，又让出去的这些人反过来为村子发展助力，从实际出发，这才是彻底改变深度贫困村面貌的一个好办法。"

为了推动能走出去的村民都走出去，杨光明和扶贫干部、村干部变着法子想主意。

一年至少开两三次外出务工人员和本村村民座谈会，在打郎村已经成了不成文的规矩。

一杯清茶，一盘瓜子，一捧水果糖，一派无所不谈的热闹气氛，把千里外归来的打工者与想发展、盼致富的本村青年人、中年人联在一起。

打落村民组的罗小云，2008年起到广东打工，自学技术，得到老板青睐，在企业当上了基层管理者。他是这种座谈会上的常客，通过讲说亲身经历，让想外出打工者顾虑渐消，前前后后带出去四五十位"打郎人"。2019年统计，打郎村外出打工人员已达885人。

乡愁是永远的牵挂。打郎人一批批走出去了，心却久久留在村里。

小打毫组村民黄小和与妻子罗香妹，在广东惠州打工近7年。从2014年开始，他就谋划在家里老宅子基础上盖栋新房。2020年5月8日，我们坐在他家足有200多平方米、三层半楼房那偌大的厨房里，听他讲说深情的话："这一辈子我怎么会忘记家乡呢？走再远，这里也有我的根。"

　　杨光明现在考虑的一件大事，就是怎样让罗小云、黄小和这样的外出青年变成打郎村进一步发展的火种。当然，他心心念念的还不止这些。如何把脱贫攻坚中最后的短板补齐？弱势群体的权益保护是不是到位？村容村貌整治村民素质提高该从哪些方面着手？"当支书，我要想这些问题；不当支书了，我也还会想这些问题。"

　　杨光明的儿子，39岁的杨昌华在紧邻打郎的竹毫村当了三年多村支书。竹毫村自然条件比打郎村还差，石漠化、土地破碎现象更严重，村子规模也几乎大了一倍，有453户2421人，改变面貌很艰难。但杨昌华说话有底气："父亲为我树立了一个人生标杆。再难的事只要你肯干又会干，总会有成果。打郎村去年人均收入达到6980元，我想和父亲较较劲。到时看吧，到底事实会不会与预期重合。"

　　　　　　　　　　　　　　　　　2020年5月10日

» 生死相望只因初心

2020年农历正月初六，一位中年汉子和一位年轻人，结伴来到紫云县大营镇妹场村一座新坟旁。

年纪大的，是村支书陆力学；年纪小的，是村委会副主任冯龙生。墓里，长眠着陆力学的"老搭档"——冯龙生去年7月意外病逝的父亲，妹场村村委会老主任冯登周。

冯龙生止不住泪水。

陆力学双手颤抖着把一杯酒洒在冯登周坟头，他觉得老冯好像正同自己面对面坐着："登周，我和龙生来看你了。该做的你都做了，该付出的也付出了，你就安心走吧！你想办的事我们办成了。等妹场村彻底甩脱了'穷'帽子，我们还会向你来报喜！"

冯登周为什么让人难忘？

冯龙生回忆父亲时说："他就是个做事情远远超过言语的人。"

陆力学借乡亲们的话，表达对自己这位合作了12年的伙伴早逝的痛惜。

"可惜了，太可惜！妹场村与团转6个村抱团发展生态养鸡，村里要建70个鸡棚。为把鸡棚用地的事办妥，老冯翻了多少坡？跑了多少人家？他说不清楚；这中间扯了多少皮，受了多少气，他说不清，也不想说。养鸡棚建起来，你看他那一脸喜气！谁想到鸡苗还没进场，他人却走了，就差那么十几天啊！"

"办养牛基地还不是这样？难题一个个解决了，养牛场还在施工，他就倒下了。现在，大家在受益。这高兴的场面，冯主任没看到。"

冯登周走得突然，陆力学说："登周倒下去后的头一个月里，我工作上像断了一条手臂，生活中像失去了一位亲人，干什么都有些不在状态。"

但他知道，老主任不希望他在这种状态中沉迷太久。

冯登周倒在脱贫攻坚岗位上时，正好57岁。30多年时间里，他在妹场当过兽医，做过民办教师，担任过村干部，与村里的事，同老百姓，就是鱼和水的关系。脱贫攻坚进入关键时期，冯登周和陆力学把要"啃"的硬骨头逐一梳理，任务一项项精准落实到人头上。

陆力学走出悲痛，要干的头件事，就是把"账"一笔笔理清。

大营镇和妹场村合作社，在村里流转了846亩土地，主体发展饲草、辣椒、红心薯种植产业，也部分种植黄豆、花生、薏仁米，最主要的受惠者是贫困户。办这个项目，冯登周没少费劲，好多基础工作是他一手在抓。"登周走了，我不能让他走得不放心。"田间地头、村寨人家，过去常常闪现冯登周身影的地方，现在陆力学跑得更勤了。

妹场村有11个村民组，8个组4G网络全覆盖，其他3个组怎么办？冯登周生前没有少操心。在陆力学一手操持下，"解难题"的申请已报县里，希望县里协调相关方面尽快解决。报告递上去，陆力学心里多了一桩事，隔三岔五就要打听。"不做好这件事，我心欠欠的，不办好，登周也放不下心。"

村里的产业路网正在打造中，已经接近成型。但一些具体问题成了"挡路虎"，施工方还未进行完善。这事也成了压在陆力学心上的一块石头，他东奔西走，只想早日把事办成。有时他会自言自语："这石头压在我心上，我会想方设法把它搬开。压在登周心上，对不起他啊！"

陆力学忘不了，他与冯登周生前有个不成文的约定：妹场脱贫攻坚"补短板"，没有不行，只有行。缺哪个，补哪个；村民希望补什么，就补什么，老百姓的想法就是命令。老主任走了，这约定可没走。

如果说陆力学是在脱贫攻坚中，不想对自己倒在岗位上的"老搭档"有"欠账"，而冯龙生则是在用行动弥补父亲留下的遗憾。

冯登周在世时，冯龙生几兄弟一直没同父亲分家。虽然近在身边，但在他心目中，爸爸的印象却有些若远若近。为了村里的事，爸爸总是白天不着家；晚上回来，大家都睡了。看他忙成这样，冯龙生萌生了一个愿望，等到自己有了经济实力，一定让父亲过几天轻闲日子，怎么着对老人家也是一种告慰。

这种告慰，以另一种形式在实现。

冯登周在世时，冯龙生就是村里"脱贫攻坚同步小康知识青年"，协助"第一书记""村支两委"工作；同时，还是村级农业公司负责人。父亲去世那天，他正在猴场镇工商分所办理养鸡场、养牛场的有关证明。闻知噩耗，冯龙生悲情难掩。随后，组织上的一个决定，又让他感到意外。

"让我挑起父亲留下的担子，当妹场村村委会副主任。这太突然啦，我真有些接受不了。"

不过，结果让人欣喜。冯龙生左思右想，最后决定："这任务，我接了。就像爸爸那样干，干得让村里人满意。"

冯龙生当村委会副主任已经9个多月。他也开始像父亲活着时那样，为了村里人的事早出晚归、走村串户、翻山越岭。听村民讲父亲的故事，看到一些村民对他从不信任到信任，甚至拍着他肩膀说："你真的没给老主任丢人！"他越来越真切地感悟到，父亲为什么累死累活，可不是为了每月几千元的补贴，是要为村民多办实事的愿望推着他走啊！

村里对脱贫攻坚任务做了责任分解，冯龙生接手了冯登周生前负责的村民组。

接手就遇到了难题。

危房改造，建起新房，要拆除旧房，群众不理解，也不愿意。有些人户，住进新房，老屋还用家具物件占起。一些老年人，在新房住了一阵，又搬回旧家。

"父亲碰上这样的问题，他靠什么解决？"冯龙生想起冯登周当年破解难题的很多"笨办法"：说白了，其实就是同村民以心换心。他决定仿效。打洞村民组，38户人家，家家危房改造后不拆旧房，而且人人说得出自家的理由。他们为什么这样做？他们想得到什么？冯龙生要一家一家去摸底。白天找不到人，那好，晚上登门。功夫不负有心人，硬骨头终于"啃"了下来。他一句话概括自己的心情："父亲能做好的事情，我为什么不能！"

打洞组、邑谿组，长期被道路阻隔所困。冯登周生前一直有个心愿，要了结这块心病，冯龙生把父亲想完成的任务完成了。去这些村民组，老乡们要拉着他进家里吃饭：吃吧，违反了相关规定；不吃吧，又对不起百姓的一片真心。冯龙生常为这样的事纠结，但他也总是抑制不住心里的高兴："这证明我真的学到了父亲身上最宝贵的东西，我和群众的心越来越近。"

没到姝场村，没听闻冯登周、陆力学、冯龙生这些真实而纯朴的故事之前，我经常想，在脱贫攻坚的战场上，在一个个贫穷而平凡的乡村里，是什么力量让众多的基层干部迸发出高涨的激情，为了老百姓早日过上好日子而尽心尽力，甚至不惜牺牲自己的利益乃至生命？

无疑，这得益于一种精神的力量、信仰的力量。姝场村的故事对此做出了生动的诠释，不过，这种力量已经乡土化了，生活化了，不是华丽的句子，不是写在文件上、贴在墙上的标语，而是群众看得见摸得着的言行。

2020年5月8日下午，我在同陆力学、冯龙生交谈中，姝场村驻村干部丁念民回忆的一个场景让我久久难忘。

2018年1月，丁念民到姝场驻村，一次重温入党誓词活动，他发现村委会主任冯登周格外认真，念誓词，一字一句都像是从心里迸发出来的，眼里噙着泪水，望着党旗一往情深。丁念民说，我相信老主任的情感是真实的，一生跟着党走、人民至上的理念已经成为他生命的组成部分。

对这个理念的认同，正是让陆力学、冯龙生这样的基层党员与另一个基层党员冯登周生死相望的根本原因。

2020年5月11日

» 文化的力量

同皮芹相识不过几个小时，她的一个明显特点就给人深刻印象：脸上时常露着笑容。

这位26岁的姑娘，2018年从沈阳大学生物工程专业毕业后，到镇宁自治县沙子乡党政办工作。从去年8月开始，乡里的弄染村成了她常来常往的地方，她当上了《革命烈士陆瑞光故居陈列馆》的志愿者讲解员。

皮芹说："一次次讲陆瑞光事迹，一回回同参观者交流碰撞，越来越感受到红色文化带来的影响和变化，我也越来越明白"有信念，生活就会灿烂"这个道理，所以，心里一直很阳光！"

弄染村位于镇宁、关岭、紫云三县交界处，是个重要的交通节点。

皮芹告诉我们：

1935年3月，红军四渡赤水之后，红三军团准备西渡北盘江，打开进军云南的通道，弄染是必须跨过去的"坎"。部队找到弄染寨人、在当地很有影响的少数民族头领陆瑞光。没想到一经交流，这位布依族汉子，在红军身上找到了与自己最大的相通之处：他反对苛捐杂税，扶危济困；红军发动民众打土豪分田地，都是为着老百姓好。这年4月15日，陆瑞光把李富春、彭德怀、杨尚昆三位红军首长，请到家里促膝长谈，表达按共产党主张办事的意愿，与红军订立了"反蒋作战协定"。红军因此顺利渡过北盘江，赢得了威逼昆明、抢渡金沙江的战机。

1937年，国民党反动势力在贵阳将陆瑞光杀害。1989年，他被追认为革命烈士。烈士英名成为弄染村乃至全镇宁一笔重要的红色文化遗产。

2020年5月14日下午，阳光拂撒，落在距弄染村委会不远的一座土坯青瓦的农舍上，这是陆瑞光当年与红军订立协议的老屋。

弄染村村支书王荣珍领我参观完烈士故居，相互交谈，她的一番言语，听着质朴平常，却又分明很有分量："弄染村的人谁不知道家乡出得有个陆瑞光？只不过好长时间里，仅仅把他当成值得弄染村骄傲和自豪的人。往深里问，他和我们现今的生活有什么关系？大家该从他身上学些什么？谁都不太能讲得清楚。"王荣珍说，"陆瑞光心怀民众，为了百姓利益不惜牺牲自我的精神；在这些年脱贫攻坚的进程中，干部越来越清楚它的价值，群众也慢慢明白怎样做事才不辱没了这位前辈。一句话，大家干起事越来越有精神。欸，具体的我一时讲不清，反正，知道这就是文化的力量。"

贵州出版集团发改部副主任阮平，2018年3月到镇宁参与脱贫攻坚，挂职县委常委、副县长，还被派驻沙子乡落洼村任"第一书记"。5月14日这天，他从县"两会"会场赶了过来，专程参加我们以"文化"扶贫为主题的交流走访。

"我认同王支书这个观点！作为来自文化企业的脱贫攻坚帮扶干部，对此，必然会想得更深一些，看得更远一些，做得更实一些。"在从弄染村到落洼村的路上，或是坐在落洼"村支两委"办公室里，抑或走进村里的寻常人家，我们之间的对话没有离开"文化"两个字。

阮平所说的"文化"，内涵与外延都是广义的。包含着村民素质、文化知识水平、心理状态，甚至生活习俗等多个方面。

同许多贫困乡村一样，经过上下同心协力作战，落洼村因脱贫攻坚持续推进而产生的变化，可以说是翻天覆地。但在成绩面前，阮平常常在想一个问题："通过物质力量和各种社会力量推进带来的变化，能不能管住一辈子甚至几辈子？在这种变化中，农民往往带有被动接受的色彩。要治本，要激发内生动力，离不开文化的巨大作用。"

初到落洼村，村民文化教育上的短板，让他心酸。他提出建议，在沙子乡建立贵州出版集团帮扶基金，对考上各类学校的农家子弟奖励扶持，意在形成"读书光荣、教育至上"的风气。后来，基金的使用外延又有所扩展。落洼村支书蓝玉琼给我讲了一个发生在她身上的真实故事。

2018年，蓝玉琼最小的儿子考取贵阳一中，喜讯传来，她却紧皱眉头。这些年来，她为了村里大事小情忙得没日没夜，原来红红火火的家庭养猪场无人打理，日渐荒废，拿什么支付儿子到贵阳住校读书的费用成了难题。

阮平知道了蓝玉琼的"难"，心里也在着急。他上下协调，决定动用每年10万元的贵州出版集团帮扶基金，每年对蓝支书的儿子补助1.2万元，一补三年。压在蓝玉琼心上的一块石头落了地，工作更加忘我、更加投入成了她的"新常态"。

阮平把这件事理解为对广义文化的一种传扬和推进。看起来是用几万元钱解了一位真心为百姓干事的村干部的燃眉之急，而其效应当绝不局限于一两个人。群众从这个故事中，看出了党和政府重视教育是千真万确的实话；干部从蓝玉琼的身上，体会到组织无微不至的人文关怀；文化从看似虚无缥缈的说辞，变成大家都看得见摸得着的实际，它的教化作用和感染力自然开始体现。

湾田小学只有9名学生，7个来自落洼村。2019年3月，阮平到这所小小的乡村学校，看到孩子们衣冠不整，学校环境脏乱。他当即花1000多元在网上为9位孩子每人购买了两套校服。办事回省城贵阳，到了出版集团，他为孩子们筹集了2000多元的各类图书。阮平有一个想法：山里的世界太小了，得让他们去知道山外的天地，吹一次现代文化的风。

2019年六一儿童节，阮平自己花钱把湾田小学学生请到镇宁县城，参观陆瑞光纪念馆，到游乐区游玩。工作人员中午休息，阮平专门找人开门让孩子们玩个尽兴。

　　阮平事前了解过，这几个孩子中只有3个曾经上过县城。"我这次请他们上县城，可能对他们一生都有影响。他们因此知道山村里生活同山外有多大差距，心里会为消除差距想很多事情，会产生不断上进、通过自身努力改变命运的动力。这不就是文化的力量吗？"

　　落洼村这些年外出打工的人日渐增多，除了促进增收加快致富的效果，也产生一些负面影响，村里撂荒土地越来越多。留守的农民多半年老体弱，路边或靠路近的土地有人种，不靠路的土地就被放弃。土里的草快要齐人腰，长出的树有碗口粗。

　　阮平向出版集团申请了11.6万元的资金支持，专门解这个难题。

他主持在村里修了4条"产业毛路"，路宽3.5米，但不硬化，只要能通车就行。"产业路"为什么不一步到位？一篇文章凭啥要分成两截做？他有自己的道理和谋划。修路前，就同村民打了招呼：修了毛路，你们就要去恢复路边的耕地；地种得好，我们会考虑毛路的改造升级。地种不好，毛路就永远是条毛路了，也可以说是永远没有路了。目的是既考虑群众利益，该修的路得修；可目标又分阶段实施，让村民看到"还有大鱼在前头"，不断因为切身利益而激发内生动力。

实施这个主意，一开始就发生了两种不同文化的冲突。

下落洼组村民韦忠达，硬是不让毛路从自家门前过。理由是："修了路，过往车辆会震坏我家墙，会轧死我家鸡。"

"好，你不愿意，这条路我们就不修了！"

阮平的激将法，让组里另外13家村民着了急。他们排着队，轮番上韦忠达家做工作，甚至有人为此发了脾气。第二天，村民给阮平打来电话："韦忠达的工作，我们做通了，你们赶快来修路！"

阮平带着我们从村部到浪潮组沿途实地看了"产业毛路"。但见起起伏伏的路两旁，不少曾经荒废的土地已经开始恢复，估计全村这类土地面积在500亩上下。阮平的体会是："扶贫要扶志，但得先创造一定条件，找到利益关联点，让农民动起来。分步实施是为推动农民自觉为达到目标而干，参与度越来越高，不断产生和释放出内生动

力。"他认为,打造"产业毛路",就是在脱贫攻坚过程
中,战胜无所作为的旧文化,打造凭借自己力量创造幸福
生活新文化的一个实例。说及此,我想起路经村里一座小
桥看到的标语:"打铁得靠本身硬,致富要靠自己挣",
这,像是为阮平的话做了注脚。

贵州人民出版社青年编辑张翕之,到大沙乡中箐村当
了两年多驻村干部。刚进村时,当地的气候、民俗、语言
直至村民思想,都让他感到陌生。"我亲历了两种文化从
冲突到融合的过程,对文化的力量感受很深。"

贫困户王登高,早上在喝酒,晚上还在喝酒。要他干
什么事,嘴上总是"对!对!对!好!好!好!"可就是
不动手。村里面貌不断变化,实际也在不断对王登高产生

压力。经过不断的思想工作，现在，他再和帮扶干部见面，除了讲"好"讲"对"，更多的是摆谈自己现在干什么，还想干什么。张翕之认为："这是一种新的文化现象，在从脱贫攻坚到乡村振兴的路上，它会如影随形。我们不但要做关注者，更要当参与者。"

2020年5月16日

» "小康菜园"大天地

5月14日晚八点，从地属安顺市的镇宁县沙子乡动身赶往六盘水市。车到市中心钟山区时，已是夜里十点过了。

凉都果真名不虚传。钟山温度比酷热的镇宁明显低多了。说也奇怪，在这样的夜晚，我竟辗转反侧，久久无眠。

其实，是一直在盘算怎样安排明天的行程。

这次来有任务，要同一帮记者朋友共商一本书的写作事宜。"苍山如海·东西部扶贫协作"丛书六盘水卷——《从大连到六盘水》，主力创作团队就是贵州日报报刊社六盘水记者站。有了这次机会，能不能挤出些时间，为《大扶贫一线手记③》添加些新鲜的故事？想着这些，入睡也难。

第二天上午，忙完"任务"。记者站站长陈诗宗笑言："想来想去，还是带你去看看我们六盘水的'小康菜园'吧。"

"小康菜园？"

乍听不免疑惑，但更觉得新奇。"行，去看！"

去的是六枝特区银壶街道杨丰村。路一直向高处攀，村子就在山顶上。

这个村有13个村民组15个自然村寨，我们在"村支两委"办公地周围走了走，眼前是与往常所见一些乡村不同的景观。

但见家家户户房前屋后，都被木栅栏围出一块块园地，时鲜蔬菜有的刚从土里冒芽，有的已经长成气候。间或有果树棚架点缀其间。一些园地边搭起小木亭，细一看，亭子都有名字："百孝亭""勤劳亭""幸福亭"，它们与生机勃勃的菜园相映成趣，就成了让人念想的田园风光。"勤劳亭"里，绿树花团簇拥中，摆着几套原木雕成的桌椅。一问，竟是庄户主人的作品。只不过这阵手中其他事紧，暂时还没来得及扫尾完工。

见我们又是拍照又是讨论，杨丰村村委会主任郑恩中说开了话。

"如果你们去年上半年来杨丰，看到的就是另一番景象。"

杨丰村这些年就近或去外地打工的村民超过千人，留守的除了孩子就多半是50岁至70岁年龄段的中老年人。村级合作社把食用菌栽培、蔬菜种植、养蜂、养小龙虾、养牛、养猪等产业做得红红火火。村民们把奔富的眼光盯在成片大块的土地山林上，农舍房前屋后便成了被经济活动忽略的"死角"。

房前屋后的地，本就是村中土地的"边、旮、吊"区域，有村民说："好多代人过去了，没见过谁还想靠这点地养家糊口。"村里青壮劳力少了，留守的村民指望着在连片土地上增收，没人打这些"身边碎地"的主意。

房前屋后当然也有它的用场。

堆放杂物、放养鸡、鸭、鹅。产生不了经济效益，还成了整治乡村人居环境不能回避的一处"顽疾"。

"小康菜园"应运而生，或者说它是因"顽疾"而起，而意义远超种菜围园本身。

建设"千家万户小康菜园"，是六盘水市的统一行动。家家户户建起"小菜园"，依托农家房前屋后，渐次形成与"大菜园"相通相连的格局。主旨是巩固脱贫攻坚成果，做好乡村振兴铺垫。一方"小菜园"，同扩大农民

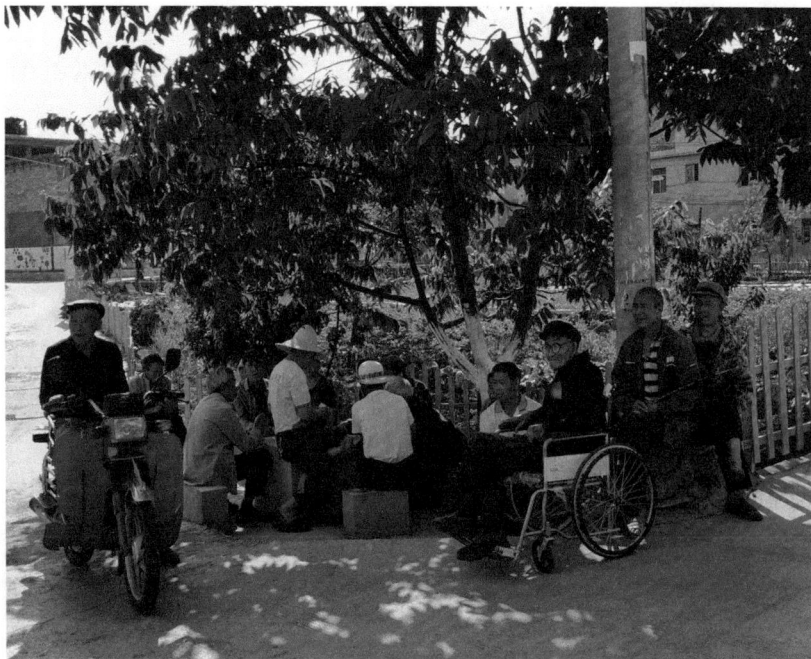

增收渠道，美化乡村人居环境，提升农民素质和幸福指数，皆有密不可分的关系。

都说头三脚难踢。"小康菜园"本是为百姓谋划的好事，可有人不领情。郑恩中提起搞"小康菜园"试点的事，一个叫"杨敦云"的村民名字出现频率很高。

2019年6月，杨丰村确定在衙门村民组首先建"小康菜园"。这个组还真是早年间某个官府衙门的故地，有"文化保护单位"牌子。如果"小康菜园"在这样的地方推得开，村民腰包鼓了，人居环境美了，乡村旅游自然也会有戏。

村干部召集村民开"坝坝会"，讲"小康菜园"的好处和道理。人群中当场有"砸场子"的。

村民杨敦云一声咋呼："你们扛起嘴巴讲话不嫌累，过后不管我们死活。"

他老伴也跟着吼："你喊我栽菜，我们栽出来卖给哪个？"

村民们本就有些不解和疑惑闷在心里，见有人出头闹，也都闷声闷气不表态。

为啃这块硬骨头，从2019年6月12日到21日，村里在衙门组连着开了四次坝坝会，就想搞清楚，这股气不顺，到底卡在哪里？

事情渐渐理出头绪。杨敦云家门口有一大片空地，在这样的地块，别人家多少要种点什么，可杨敦云却不。除了栽点苞谷，大部分地方一分为二，一半堆苞谷秆，一半成了鸡、鸭、鹅的自由天地。他不肯拿这片地建"小康菜园"，一是上了年纪劳力有限，二是怕哪步棋走错了，损害自家利益。

"他声气大，我们不和他吵；但建'小康菜园'在衙门组破题，除了首先从他家破，我们真还没其他路好走。"郑恩中回忆当时情景，说村里的决定就是：杨敦云家门口的苞谷秆必须全部搬走，鸡、鸭、鹅一定要另行圈养。不过，硬的一手后面还有软的一手，苞谷秆搬到什么地方？哪里是鸡、鸭、鹅新居？都提前为他做了安排。

排除负面影响消除阻力，其实也是一种榜样效应。此后，"小康菜园"在杨丰村的推广，顺风顺水是最恰当的比喻。

一天，村委会接到杨敦云老伴打来的电话："你们还不赶快来收菜啊！"这电话是冲着村里当时一项承诺来的。郑恩中断言："这老人家，看来心中还憋着口气。"

这承诺真有。"小康菜园"里种什么，村民自己拿主意。菜多了吃不完当然得卖，自己卖，由村里统一组织去卖，两种方式可以二选一，或者二者兼有。为"小康菜园"产品联系买家，成了村党支部、村委会重大工作任务。村干部对着村民发出硬话："'小康菜园'里，菜只管种。哪怕卖不出去，我们自己吃也要把它们消化了。"村干部哪里吃得完全村"小康菜园"的菜？村民们听出了这番"豪言壮语"后面，是干部们支持群众创造新事物，闯出新路子的决心和信心，自然越干越起劲。

事后，郑恩中上杨敦云家摸底，知道他们家在打电话给村委会两个月前，就已经自己联系了买家，卖出了几茬蔬菜。"如果他老人家还真憋着些气，我倒情愿把它当作喜。不管怎么样，他已经成了'小康菜园'的受益者。"

他算了几笔账，结论是：发展"小康菜园"，村里家家增收。园里的菜，除了自家吃，家家一年会因为卖菜，平均多出5000元收入。

"小康菜园"的效益账还不能仅仅这样算。

今年5月上旬，贵州日报报刊社驻六盘水记者谌晗，在六盘水所辖盘州市，点对点采访后，做了一组"小康菜园"的专题报道。翻看一下，一篇写自盘州市普田乡啊榔村的通讯，正好能为我释疑解惑。

"小康菜园"好在哪里？啊榔村村支书黄绍贵算了四笔账。收入账，增收的"真金白银"实打实地放在那里，不说自明。环境账、和谐账、发展账，那就笔笔都有新意。

杨丰村也算得清这些账。

过去杂物横陈、污水溢流、鸡鸣犬吠的闲地，现在成了果菜飘香的田园，孰优孰劣，谁更宜居，谁是真正乡愁？不言自明。环境卫生的改善又倒逼家庭卫生改善，新农村建设一步步由口号变成实际。

村里环境好了，农人闲暇有了安顿处，邻里之间相互走动既有新话题，还有各自园里的新鲜产物可以互换口味，友好和谐有了基础，不怕不成风气。

家家建起"小康菜园"，科学规划、技术指导越来越成为村民的"刚需"。家里的"小康菜园"联着村里的

"大菜园"。农村发展又多了新的着力点。

"小康菜园"建设给人许多启迪。走访变成了一次现场讨论。

贵州日报报刊社六盘水记者站站长陈诗宗一席话,大家觉得总结得很到位:脱贫之后的农村还有许多细节需要补"短板"。"小康菜园"正是在这样的情势下应运而生。大力度的脱贫攻坚,一些农民多少会有些"跟着干"的感觉,"小康菜园"一诞生就洋溢新意,种什么、怎么卖都由群众自己做主,这样的利益结构更容易激发内生动力。土地是农民的财富,是乡愁的根本,在一些农村"空心化"现象严重、土地撂荒让人心痛的背景下,发展"小康菜园",为增加农民对土地的深厚感情实实在在助了力。一句话,"小康菜园"建设是衔接脱贫攻坚和乡村振兴的一次有效尝试。

六枝特区党委宣传部的同志,特意安排我们去参观了利用原六枝地宗洗煤厂老厂房兴建的"'六枝记忆'三线建设博物馆"。当年在荒野中造出一座工业新城,最大的动力是火热的创造激情。"小康菜园"也是创造激情的产物,但又多了几分科学预判的意韵,它有理由取得更大的成功。

2020年5月17日

» "有你参与更精彩"

　　这是5月27日清晨六点。我已在从江县城的鼓楼广场快步走半个小时了。

　　昨天上午八点半从贵阳出发，来到从江县城已是中午一点多钟。匆匆吃了饭就往丙妹镇大歹村赶。在那里，又是座谈，又是走访，还有参观，多少有些累。回到住宿地，一觉睡得香，也睡得沉。

　　黎明即起，才发现住宿地旁边有这么一道风景。

　　两棵前后相望的古榕树，撑起两片硕大的绿荫。在各色树木的映衬中，高大的侗家鼓楼和早晨的微风一样平和安静。倒是广场上晨练的人影，发散着"动"的意韵。再往远走些，都柳江急匆匆地流着，屏住气息听，听得见一阵紧似一阵的水击声。

　　风景当然迷人。可更叫人眼睛一亮的，是广场绿荫中时时闪现的一幅幅标语："从江脱贫大舞台，有你参与更精彩。"看得出来，如期打赢脱贫攻坚战，在这个挂牌督战的省内9个尚未"摘帽"的贫困县之一，已经成为众力所为、众望所归的事。

5月26日，在大歹村的所见所闻，正是对这个"参演者"越来越广泛、激情越来越高涨的"大舞台"一次生动的诠释和印证。

那天的场景，一幕幕在眼前回放。

丙妹镇大歹村，是从江县有代表性的深度贫困村。3个自然村寨5个村民小组，居住着287户2047名苗族村民。建档立卡贫困户136户1076人，贫困发生率曾高达52.56%。大多数村民听不懂普通话，生活习惯虽然古朴，但与移风易俗、文明卫生的乡风相较，差别不是一句两句话就能说清。

省作家协会组织的"脱贫攻坚，决战今朝"采风活动，在从江的第一站就是大歹村。

活动领队、省作协党组书记、副主席黄昌祥，曾有在省文旅厅的工作经历，而大歹正是文旅厅重点对口帮扶的村。黄昌祥说："大歹村是第五批中国传统村落，又是民族地区典型的深度贫困村。这里淳朴的民风民俗、特有的自然风光和村民的生活艰辛场景，都给我留下抹不去的印象。看看大歹村的今昔巨变，就等于看到了从江脱贫攻坚'啃'硬骨头的缩影。"

他所说的"变"，我们一进村就开始品味。

下午三点二十分，车停在了小融至大歹旅游公路起点处。但见这条5.8公里长的双车道柏油路，飘带似地在青山中时隐时现，把人的眼光和想象力吸引到山顶上的丛林深处。县里的同志介绍：路刚开通不久，是省交通运输厅投资3000多万元兴建的。有了这条路，不仅大歹村出行条件大为改善，而且增加了大歹村发展民族乡村旅游产业的底气。

到村办公楼还有一段距离，有人建议"弃"车步行，领略一下人称"山脊上的非遗走廊"大歹村原汁原味的"山野之气"。

山坳里古老的四方井，让人啧啧称奇："高山顶上怎么会有这么清冽的泉水？"沿石阶拾级而上，参天古木越来越多，高高树枝上垂下的长长绳套，便是青年村民喜欢玩的秋千。禾晾、谷仓，展示的是苗民古老的农耕文化。再往高走，向下一看，村里一排排木楼依山而建，一条条村道全部硬化，一座座农舍炊烟缭绕，我竟一时想不起该

用什么词形容眼前所见。

同行的黔东南州文联主席李文明,一路走一路讲说不停:"苗族同胞世代传承了不少美德,与你们见到的这些美景交相辉映。"村道旁、林荫下,总会摆着几张"阴功凳",让走累了的人有个歇处。桥头放着几双草鞋、一根拐杖,行路人只管取用,放的人也不求回报。"这些都是发展民族乡村旅游的基础条件。旅游公路修通,形成了旅游产业,山里面这些'瑰宝'才会真正有用。"

2018年3月就到大歹村担任驻村第一书记的唐隽永,是来自交通系统的企业干部。现在的职务是:从江县委常委、副县长,大歹村脱贫攻坚指挥所所长。更是大歹村天翻地覆变化的亲历者和见证人。

在省交通运输厅和相关省直单位支持下,大歹村脱贫攻坚一步一个脚印,走得扎实,效果也经得住检验。

改造老旧房、整治人畜混居、改厕改灶改圈、改善硬化道路,项项都有数据作证,老百姓心里认账。

产业发展花开几枝。养生态鸡、养中华蜜蜂、养稻田鱼,全村136户1076人贫困人口,产业发展覆盖率100%。有序组织村民外出务工,也被视为产业,去年全村外出务工人员347人,贫困人口就有179人。2019年底,全村贫困发生率已降到9.87%;今年,全村28户204名贫困户要全部"摘帽"。

在大歹村村前广场,一座大型木结构房屋正在建设中。唐隽永说,这是村里发展旅游业的配套建筑。路过一个个"民族风"十足的禾晾和谷仓,唐隽永说话间面带微笑："它们都要在大歹旅游业中派上大用场。"看来，一个新产业在大歹的诞生，将会以时日计算了。

迎面碰上几位拿着杠子、箩筐的中年村民，他们忙完了工地上的活计，正准备收工回家。听见问在家门口打工好不好？一位身材敦实的村民满脸都是笑容："好！咋不好？有工打，就有钱买衣服鞋子，有钱买烟抽。"

许是村民憨直的笑语引发了自己的思考，唐隽永跟我摆起他和村民之间细微的"变"。

过去，动员村民整治人居环境，干部帮村民打扫自家卫生，村民却袖手旁观。到后来，他们和干部一起参与打扫。再后来，看见干部到了，村民已经拿起扫把，执意要自家干。从前，一些村民衣服乱甩乱放，如今使用衣架的村民越来越多。唐隽永的感悟是："各方力量齐聚大歹村，目的就是帮助村民挖穷根，关键在'根'上。人'变'了，所有'变'才会长久。"

从江县委常委、宣传部长孟荣林认为，从江打脱贫攻坚硬仗，其实就是全民参与、多方协作、共同攻坚克难的过程。浙江省杭州市对口帮扶，省直40多个单位定点支持，澳门特区也参与其中，形成联动互动格局，大家想主意、出实力，这是脱贫攻坚志在必得的底气所在。

5月26日下午六点多，我们来到大歹村村外一处山顶。夕阳下，青山绿水环抱中，显露出一个占地2.3万平方米的建筑群，有教学楼、学生宿舍、员工宿舍，还有足球场和篮球场。这是用澳门帮扶资金3000万元，建起的大歹小学新校区；有了这个学校，全村义务教育阶段学生入学率达100%。

孟荣林告诉我们，有钱出钱，有力出力，有智慧有想法就贡献智慧想法，这样的互动互联，使得从江县脱贫攻坚的路径越来越清晰。

27日一早，他把我们带到从江县扶贫就业服务专业合作社总社，说在这里可以实打实地了解全县劳务输出组织化产业化的运行轨迹。

从县情出发，明确产业扶贫攻坚和就业扶贫攻坚"两条腿"走路的方略，就是集思广益的成果。成立这家合作社总社，也是省内首创的新事物。总社之下，有乡镇级成员社23家，带动村级劳务合作社76个。

劳务合作社最主要的功能，就是把农民零星外出打工变成有组织的产业行为。

组织化实现劳务就业的农民，由县委、县政府统一提

供行李箱、被子、日常用品。能组织十多人乃至几十人外出务工的"能人"，拿到的"劳务就业队长补贴"从1500元到2500元不等。还有数量可观的一次性求职创业补贴、就业扶贫援助补贴、以工代训职业培训补贴、专项工作经费补贴。这补贴，那补贴，其实就是让它们发挥"撬杆"作用，把同外界联系互动的门户开得更大，鼓励更多农民走上劳务就业脱贫致富的路。

新冠肺炎疫情来袭，农民外出受阻，县里又推出应对新招：在省有关单位支持下，开发护路员、护河员、管水员三类岗位，吸纳了2000多名暂时无法外出打工或本身缺乏外出打工条件的村民就近就业。

渠道的多样化，使从江全县就业农村人口达到14.37

万人。作为脱贫攻坚中出现的新产业，正呈现方兴未艾的势头。

参与者众，就业扶贫的形式也被不断刷新。

全国人大代表、"绣娘"原型之一的韦祖英，在美娥易地扶贫搬迁安置小区建起"祖英刺绣有限公司扶贫车间"。5月27日，我们在现场参观，便禁不住为车间10多台大型绣花机和60台缝纫机、近百名工人构成的生产场景点赞。这时，韦祖英的丈夫冒出一句话："还有更高兴的事在后头。下一步，我们会拥有35台大型绣花机和100台缝纫机，一下子就能解决200多人就业。"

在一台正在运作的缝纫机前，我问了女工王三妹几句话。她是从加榜乡摆白村迁来的"新市民"，刚到车间上班十几天。"在这里上班，当然比在土里忙活好，最主要是我的子女们将来不会再受穷。月收入嘛，刚来还说不清，不过总会有个2000元左右吧？"

生态鸡、百香果、食用菌和蔬菜，是从江县主抓的脱贫攻坚奔小康的四大产业。在南苑社区易地扶贫搬迁点，我们见到了食用菌生产基地整体设计建造在居民楼底层的场景，听到了"新市民"们"楼上过好日子，楼下上班挣钱"的欢快心声。

"从江脱贫大舞台，有你参与更精彩"，正在得到越来越强烈的回应。有人为之尽心竭力，有人开始谋划更长远之计。

在大歹村走访那天，唐隽永同我说话有些且喜且忧。

"完成挂牌督战任务，板上钉钉，补短板来不得半点虚，没有不如期完成的道理。要巩固成果、发展成果，就得从根本上解决人的内生动力问题，这是久久为功的事。不过，现在能抓的，就得马上抓。"

大歹村筹资数万元，对村里考上大学、职业学校和高中、中专的5名学生进行奖励。村里办起幼儿园，"第一功课"就是教会娃娃们学普通话，知道文明卫生常识。"当学习和教育真正被农民尊崇，我们就不发愁完不成脱贫攻坚的答卷，作不好乡村振兴的文章。"他说，可以相信，在从江县，这会越来越成为一种共识。

写到这里，我又想起从江鼓楼广场那两棵前后相望的古榕树。它们硕大的树冠，得力于四处蔓生的气根。巴金先生写过广东的一棵榕树，气根的伸展竟使它长成一座绿岛，一个小鸟天堂。"从江脱贫大舞台，有你参与更精彩"，那千千万万个"你"，会不会也像千千万万个气根，撑起一棵参天大树？

2020年5月29日

» 山野激荡英雄气

时间让我同纳雍县有了两次难忘的交集。

1983年5月的一个夜晚，在距边远的纳雍县城还有百里之遥的奢旮寨，当时还是记者的我，和上百名苗族彝族村民一道，等候去北京开完表彰会又连夜从县城往寨子赶的全国优秀教师李向隆。

是夜，在他教室兼卧室，一间四壁被烟火熏黑但却挂着居里夫人、牛顿、哥白尼画像的板屋里，听这位民办教师讲自费办学一千几十年的事。那句"我放心不下孩子们，看不得山里孩子受穷，只有教育能改变贫困"的心声，让我知道眼前这个朴实乃至有些木讷的人，心中其实有个广大的世界。

2020年6月2日，省作家协会"脱贫攻坚 决胜今朝"采风活动团走进纳雍。

在全省20个极贫乡镇之一的董地乡，一位身着迷彩战斗服、走路带风的女干部，让我想起了李向隆。她叫罗珍玉。

罗珍玉是董地乡党委书记。到乡里任职一年三个月，人们记住了她的一句话："再硬的骨头，也得有人带头去啃。把'极贫之乡'变成'极品之乡'是不是啃硬骨头？啃下来，对老百姓功德无量，这头我们不带谁带？"说出来的话，果然掷地有声！就在2019年，全乡贫困发生率从9.57%下降到3.08%；合作社基地生产的红托竹荪、生态鸡蛋、糯谷猪声名渐响，董地乡产业结构调整风生水起。乡亲们的真实感受就是最大的口碑："共产党的干部带头干，我们信！"

两代人，一种情：为了早日摆脱贫困。

只不过，罗珍玉的舞台更加广阔，脱贫攻坚克难前行的情势越发催人奋进。

时代造英雄。彻底撕掉贫困标签的决战，在纳雍县进入决胜阶段，罗珍玉，是千百个把生命激情融入这场斗争的基层干部缩影。

精准脱贫攻坚缺不得抓手。纳雍县的抓手就是"一图一表一方案"。翻开各村编制的《未脱贫户精准扶贫督战图》，战场态势一目了然。一张《剩余贫困人口到户督战工作清单》，干了什么，该干什么，说得清清楚楚。《村级脱贫攻坚挂牌督战方案》把责任明确到人，不容许干部有半点马虎。县里领导同志说，图管村、表管户、方案管干部。"我们就是要在脱贫攻坚第一线，对干部来一次烈火炼真金，来一次大浪淘沙，让更多的优秀者脱颖而出。用'一刻不能停、一步不能错、一天不能耽误'这几句看似平常其实内涵厚重的话，真正诠释出他们的使命感、责任感和紧迫感。"

罗珍玉的故事，正是在这样的大背景下应运而生。

2019年3月，做过4年县人才办主任，又担任过寨乐镇镇长、乐治镇工作组长主持党委工作的她，接到通知，要去挑董地乡党委书记的担子。

此时此刻，罗珍玉心情并不平静。

董地乡的穷，远近闻名。董地乡班子的涣散和干部精神不振，早有耳闻。亲朋为她捏着一把汗，她也知道组织上"临危调将"的用心。"没有退路了。只有以硬击软，以聚对散。不下水怎么晓得水深水浅？不下决心动硬谁会懂得你的初心？"

以"硬"击"软"，头一步棋从自己走起。

最初，她的帮扶点定在朴德村，包10家贫困户。走访了其中5户，就紧急"叫停"。在乡党委会上，她言之切切："我看了，这10家贫困户条件算不上最差。不难办的事，书记接过来，这头怎么带？你们又从我身上看到什么？"

罗珍玉的帮扶脱贫点改成全乡贫困发生率最高的联和村，定点帮扶对象是村里最贫困的10户人。她打了一个头炮，希望产生连锁效应，谁料会场上鸦雀无声。她只好硬性决定，依照村子的贫困程度和工作难度，重新按职务高低排定乡干部帮扶对象。分管扶贫工作的副乡长和她一道定点在联和村，县里要求的"一图一表一方案"，董地乡就从这里抓起。另一位分管打击和控制非法违法建房的副乡长，也调整职司，让他专门负责乡里农民危房改造。重担自己挑，激起英雄气；用人得其所，释放创造力。罗珍玉说："最硬的骨头，自己先啃；别人看在眼里，想在心里。无限放大其他同志的长处，就会产生意想不到的动力。结果是凝聚战胜懒散，干部告别暮气，工作减少阻力。"

有时，农民会和干部隔着心。罗珍玉就碰上了这样的难题。

联和村苗族农民杨文国是易地扶贫搬迁对象。跨一步就会发生身份的根本转变，深山农民变成"新市民"，贫穷、闭塞、落后都将成为过去。可杨文国态度很"铁"："共产党的政策好，可我偏偏不能搬。"

动员杨文国，罗珍玉上门50多次。整个过程像支"三部曲"。

开头几次，杨文国对上门的干部不搭不理，甚至看见了就躲。

去了五六次，他开始听讲，老伴也抽起一条板凳在旁边坐起。可一提搬迁还是摇头。

再后来，罗珍玉们干脆带着酒菜上杨文国家，饭桌上拉家常，借机提出去搬迁社区走走的建议。在县城里的移民安置点，看了他名下的房子，还有幼儿园、学校、医院和扶贫车间。城乡生活环境的巨大差异，终于让这位苗族老者对搬迁的事开了口，一开口就是一串问题。

"我在城里人生地不熟，户口怎么迁？"

"孙孙能不能保证上学？就业、医保、低保，都该咋个办？"

"我年龄一大把，婆娘又说不好普通话，进城上哪儿找工作？怎么和人打堆堆？"

搬迁进城是好事，可敌不住农民对进城无根、无源、无助、无着落的纠结和忧虑，这就是杨文国的心结。

罗珍玉对症下药。

承诺只要搬进城，"娃儿读书，上午搬，下午落实"，"户口请派出所所长直接办理"，"协调民政马上把你纳入城市低保，那可比农村低保还高出一截呢！"承诺句句成真，杨文国两夫妻还拿上了工资，逢人便说感谢罗珍玉的话。

罗珍玉对此淡然一笑："感谢应该记在党的政策簿上。不过，它是不是说明了一个道理，你要是只会高高站起同老百姓说话，两者就会产生距离。你放平身子和他们做朋友，心和心通了，没什么解决不了的问题。"

罗珍玉看重心心相通。她当着董地乡合作联社名誉理

事长，全乡产业调整波澜迭起，党组织在各个生产链条上都有活动阵地。路子越走越顺，她常常想起组建合作社带头人团队的往事。新华蛋鸡养殖场老总刘吕、朴德村食用菌基地负责人张永贵，早就是小有名气的乡村致富带头人；青山糯谷猪养殖场经理潘鸿，则是来自县农牧局的技术人员。怎么把体制内外的人心捏在一起？靠的是心心相印。他们对罗珍玉的心里话印象深刻："我这个书记迟早要离开董地乡，你们不缺钱，却要把根扎在这里。不能带着百姓学会找钱，别想把根扎进脚下这片地。"

女儿正在上初中，到乡镇工作三年多，罗珍玉只回城参加过一次她的家长会。去学校前，女儿好几遍提醒："妈妈，你千万记得要抹口红，把自己打扮漂亮点！"一句话，妈妈听出了自己在女儿心中的分量。有时，她会拿这件事同激发农民内生动力打比方："你和乡亲们处成了亲人一样的关系，脱贫攻坚就成了大家都想干的事。"

纳雍县的同志说，我们县里可不止只有一个罗珍玉。脱贫攻坚进入决战阶段，全县干部下沉率达到70.8%，一个人身上压着三个人的工作量。没有硝烟的战场考验着基层干部，大家都在思考怎样写好这人生中最亮丽的一笔。

大学毕业生岳宇，2018年9月调到羊场乡河滥沟村任党支部书记。仅仅一年多时间，村里贫困发生率就从33.04%降到2.67%，村集体经济积累达到3万元，人均纯收入6000余元，人夸"河滥沟，工作一点都不烂！"

沈草草，2018年出任羊场乡戈落村支书。进村先朝村民思想观念、"等靠要"意识、卫生习惯烧三把"火"，为脱贫攻坚和产业发展开道，村庄面貌变化很大。

脱贫，群众是当然的主体。扶贫，干部是肩负重任的主力。纳雍扶贫队列里，有一支"特军"引人注目。面向社会公开招聘扶贫特岗人员，定编在乡镇，定岗在贫困村，既为主战场提供人才支撑，又为考察选拔干部展现了新的天地。这是一种顾及当前，更放眼长远的创意。

在"特岗"队伍中，果然感人故事迭出。

昆寨乡夹岩村扶贫"特岗"黄满，不足5个月的婴儿嗷嗷待哺，村里修路、搬迁又烽火正急。于是，婆婆、儿媳、孙子一起住进村办公楼。三代人为了扶贫同驻一个村的佳话不胫而走。

"特岗人员"金丽进了厍东关乡李子村，第一天就想打"退堂鼓"，贫穷的实际与她熟悉电脑操作的经历形成太大反差。乡亲们想彻底改变贫困面貌的期盼打动了她。她不但留了下来，而且干出了不错的成绩。群众说她是"委屈中绽放的'李子花'"，她说："优秀都是熬出来的。"

脱贫攻坚让"干部"的外延有了很大拓展。活跃在纳雍易地搬迁社区的"百姓讲评员"，遍布乡村的"农民讲师"，不是干部，却干了不少干部都不一定办得好的事。

用农民的心理去揣摸农民心思，用农民的话去教育农民，效果往往事半功倍。

干部也是人，需要激励，更需要呵护关怀。近年来，全县在脱贫攻坚一线提拔、晋级或享受高一级经济待遇的干部有86人。100名党员干部被推为省市级表彰初选人选。当然，也有严的一面。公开招聘的509名扶贫特岗人员，解聘131人，378人转为正式编制，淘汰率达到25.7%。

在纳雍县，我听到一种说法："没有过硬的干部，聚合不起向贫困宣战的活力。"回顾我见到的一个个难忘岁月的镜头，脑子里突然迸出一句话："山野激荡英雄气。"英雄气源自这个时代，升腾在脱贫攻坚蓬勃火热的大舞台。

2020年6月7日

» "我在2300米高山上等你千年"

谭正义是不是个诗人？

一句"我在2300米的高山上等你千年"，便把人带进那片云雾缭绕也遮不去盎然绿意的茶海，由不得你不展开诗歌的羽翼。

谭正义不是诗人，是个有23年党龄的老农民，又是叫得响的"茶老板"，经营着的6900亩高山有机茶场，人人都说是纳雍县雾翠茗香循环农业示范园区最亮的一道风景，这里面本就有讲说不尽的诗情画意。

他在海拔2300米的高山上，等的是移植千年古茶树的梦想成真。这梦想至今没有实现，可追逐梦想的经历却颇为传奇。

今年6月3日，我在纳雍县骆岭镇坪箐村，见到了谭正义。交谈从"梦"开始，结尾也是"梦"。

谭正义说，他的梦有黑和绿两种颜色，这当然指的是产业。在山区农民中，他是比较早知道得靠发展产业致富的人。

黑色的，是煤炭。

1997年，谭正义开始学习煤矿安全管理的相关知识。2006年，他终于办起自己的煤矿，带动当地600多名农民就业，他手中也有了一笔积蓄。都把煤炭叫作乌金，谭正义追上的第一个梦，像煤一样扎实厚重，又有火焰藏在心里，可他总觉得意犹未尽。

绿色的，是茶树。

"煤炭再多也有挖尽的一天，什么才是山神箐大山里产业发展的长久之计？"他开始思考，也开始观察。

坪箐村所在的山神箐，群山绵延，海拔最高处有2331米，海拔高、气温低，被视为种茶的禁区。谭正义却想，为什么坪箐村附近偏偏有不少跨越千年的古茶树。"这不说明我们家乡适宜茶树生长吗？说不定在这种条件下产出

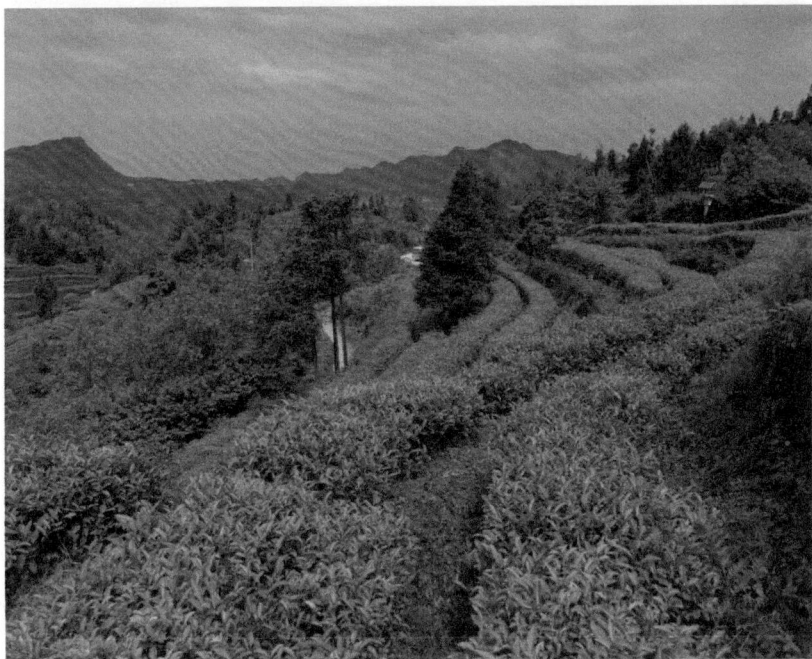

的茶叶，别处还没法比。"正当此时，恰逢县里号召"靠山吃山，发展产业"，两下一拍既合，谭正义拿定了在山神箐一座座山峦上种满高山有机茶的主意。

流转土地，筹措资金，谭正义开始追逐"绿色梦"。

2010年，直接入土种植的100万株茶苗，熬过了冰雪严寒的不到五分之一。

2013年，在专家帮助下，他转换思路，先用营养坨在略低于"贵州茶园记录高度"的山上育苗，两年后再移植到更高的山地。这次，成功青睐了这位山里人，贵州人工种茶的高度，被谭正义破天荒地提升到海拔2000米。为了创造这个记录，6年寒来暑往，5轮摸索试验，他说："中间的甜酸苦辣，我都不想提。"只觉得，幸福感来得真实而浓烈。

山神箐高山有机茶声名渐起。

长在高山、绝无污染、原汁原味、营养丰富，就是最好的品牌，市场上的惟一，先后通过中国、美国、欧盟有机认证。带动一方百姓脱贫不说，蕴含其中的旅游价值也逐渐被人认识。"骟岭镇有一个泡在茶里的小山村，太美了！"一位游人情真意切的评语，说的是很多人的向往与共识。2017年，这里被新华网评选为"贵州十大名茶山。"

"谭正义走过的路，可以看出全县在脱贫攻坚中，越来越明晰产业发展与品牌培育关系的探索轨迹。"

陪同走访的纳雍县副县长宋邦达告诉我，县里认定，在脱贫攻坚中发展产业，不是一锤子买卖，既要考虑当前效益，更要想到可持续发展，追求长久的富民效益，有效地同乡村振兴衔接起来。"干部和群众都在一步步深化认识，谭正义在这上面还有故事。"

听得这话，我又仔细观察谭正义，果然看出些新的"神异"。

一身打扮完全是个城里人。

电话不断，"论证""评估""研制"，一串串新鲜词语，穿插在他与人的交谈中。

用现代技术改造传统农业，雾翠茗香循环农业示范园区里，上演着一场场由这个"新农民"导演的"活剧"。

茶园里割除的杂草，正是好饲料。茶山下建起养猪场，4000头糯谷猪闹得欢腾。猪肉的味道，我在谭正义的职工食堂里品尝过，真是又糯又香，市场价值断然不低。

猪粪也有了用武之地。通过发酵变成沼气，沼气既能制造肥料，还能发电，把沼液提升到高山茶园浇灌施肥又有了动力。"猪—沼—茶—草"循环农业闭环圆满形成，山上种茶，山下养猪，物物用得其所，在更大范围内形成更大品牌，茶和猪的价值都被发挥到极致。

纳雍县还有许许多多"谭正义"。

6月2日下午，我们先后到董地乡朴德村食用菌基地、新华蛋鸡养殖场、青山糯谷猪养猪场参观，一遍遍感受到品牌之战的气息。

生产线上，一枚枚新鲜鸡蛋，通过传送带缓缓落下，再由工人们分拣装盒。贵州阿老表实业集团有限公司董事长刘吕介绍，这座用扶贫子基金投建的养鸡场，目前，有鸡40万羽，日产鲜蛋9.5万枚，在广州、深圳、香港等地都是畅销货，基地年产值6000万元。

阳光下铺撒成一片的155个大棚，是裕农合作社在朴德村的生产点。这里的红托竹荪种植名声在外，销路通畅，高峰期可容纳200多农民务工，贫困户占相当比例。

青山糯谷猪养殖场，康泰达生态牧业公司经理潘鸿，眼睛盯着墙上悬挂的几块视屏，猪的进食、猪的锻炼、猪的起居，全在掌控之中。

只管种养，不问市场，已经成为过去。上了规模还要上档次，让内在质量真正成为打造品牌的内核，从认知到实践，在纳雍渐成风气。

"玛瑙红"樱桃，是贵州樱桃的一张名片。纳雍县，是"玛瑙红"樱桃的原产地。"玛瑙红"，让总溪河畔的果农们过上了红红火火的日子。

2020年，全县累计种植"玛瑙红"樱桃13万亩，投产面积近5.5万亩，产量约1.7万吨。

樱桃熟了，一些果农却笑不起来。他们对曾经的每斤30元跌到每斤5元的"惨状"记忆犹新。

好酒也怕巷子深。"玛瑙红"樱桃怎样从"提篮小卖"向现代商贸物流转变，成为纳雍县党政领导苦思冥想的问题。

我到纳雍时，已经错过"玛瑙红"樱桃的盛果期，只能从贵州日报报刊社记者方春英的报道中，了解事情的来龙去脉。

请看她笔下的场景。

樱桃种植大户陈敏快人快语："大家的眼光只看到总溪河这个坝坝，搭一个篷篷就等着别人上门来买。樱桃初上市时喊高价，大上市时又压低价。游客根本不来的时候，四五元一斤都卖不走。"

专家对症下药：严控标准严把品质关，好果才能长久卖出好价。

他们进一步建议：品质不稳定，市场就不稳定，产业也会不稳定。向现代商贸物流转变，先从樱桃采后处理的标准化抓起，确保果品品质的稳定性，不愁没有广大的市场。

从销售端倒逼种植端，也在由讨论走向破题。农户、企业要形成利益共同体，一起把品牌产品的经济效益和社会效益做到极致。

"玛瑙红"樱桃告别"提篮小卖"的故事还在继续，但它已经让人想清楚了一个道理：打造品牌不容易，但对品牌不断创新更不容易，探索产业发展的途径，我们永远在路上。

在纳雍，我还走进了骔岭镇小屯村。

小屯村村民自治搞得有声有色，村容村貌让人耳目一新。

家家户户庭院外面一堵高不过一米的矮墙；庭院里头花事正盛，盆景、鱼池又为小院增加几分意韵。更让人称奇的是，尽管不少农舍主人外出干活，但家家都不锁门，访客随推随进。一条柏油路穿村而过，村里人笑言："这是我们的一环路，村边还有二环路。"

村支书王祖军说，小屯村管事的是"七人议事小组"。这个小组在2009年全村整体搬迁时应运而生，成员除了他，还有村里党员代表、退伍军人、农民讲师、致富能手。有专门的议事厅，有制定的议事规则，有规定的议事程序，有明确的议事时间，由家喻户晓的村规民约、大包大揽式的"为民做主"变成了群众自主决策式的"由民做主"。全村人均年收入提升到12600多元，人的精神面貌也焕然一新。

这是不是纳雍县在脱贫攻坚路上打造的一块衔接乡村振兴的新品牌？想起骟岭镇党委书记李践指给我看小屯村招贴里的话"让城市羡慕农村"，我信。

2020年6月8日

» 威宁看"海"

有了草海，威宁多出些苍茫与神秘。

很多年没去威宁了，自然很多年没见草海。

今年5月间，终于又踏上这片土地，为着走访几个扶贫人物。夜宿处本来离草海保护区不远，无奈早起既忙且急，要去的地方还在上百公里之外。临行前，只好朝人手指处远远地眺望一下，不知道挡住视线的是晨雾还是水雾，反正没看见什么，草海，在我心中成了朦朦胧胧的谜。

一个月后，省作协"脱贫攻坚　决胜今朝"采风，活动的第三站选定地点也是威宁。6月3日到达，第二天起了个绝早想去看"海"。算是巧了，由于环保需要，平日根本无法靠近的"海"岸，却因为临时施工，打开了一处门户。施工队伍尚未进场，倒给人一个机会。尽管值班人员一再催促，我和几个同伴还是快速地近距离领略了草海风情。25平方公里的水面不能一眼望尽，可看得见的粼粼湖水在晨曦下泛着蓝光，一簇簇水草像漂浮的小岛，一群群水鸟打破了静谧。96平方公里的保护区，更是只能看见眼前的一角。这一角的树木葱茏、花红柳绿，已足以让人感受到一种扑面而来的勃勃生机。

一位当地同志知道我去看了草海，突然冒出一句话："我们威宁现在可能不止只有一片海！"

我明白这话的含义。

威宁自治县总面积6298平方公里，总人口157.2万人。有"马铃薯之乡""中药材之乡""畜牧之乡""冷凉蔬菜之乡""苦荞之乡"的美誉。为了甩掉"乌蒙山片区连片特困地区县""全省14个深度贫困县之一"的帽子，这几年，上上下下，省内省外，形成合力发展产业，规模之大，确实有些"海"的意韵。

单说蔬菜种植，全县就发展到40万亩。

这是一个什么概念？

想一想，站在高原之上，放眼由各种蔬菜形成的"海"，由不得你不动心绪。

6月3日，走进威宁那个下午，我们就连着看了3个蔬菜生产基地。

3个基地种植品种不同，经营管理方式也有差异。

草海镇卯关香葱基地，1380亩平整的土地上，清一色种着香葱。难得望到头的香葱地里，铺排着同样望不到头、数不清个数的喷灌杆，一股浓浓的现代农业气息。

这个基地的运作模式是"龙头企业+农投公司+合作社+贫困户"。为什么单列一个"贫困户+"？基地年产值3312万元，投资主体所获49%利润中，40%由县级统筹，以设立公益岗位、特殊困难救助等形式惠及贫困户。香葱上市了，贫困户也笑了，基地已经带动500多贫困户致富。

中海村种植示范基地又是一番别样风景。"示范"两个字显示出定位不同。

云南省农业科学院李晶博士的团队是技术研发领头人，经营管理基地的威宁沃涵冷凉果蔬开发有限公司专攻"产、供、销"一条龙。基地774亩土地上，甘蓝、西兰花、白菜、白萝卜、紫皮莴笋轮番"上阵"，直打北京、上海、广州、深圳、新疆市场。公司宗旨：外创品牌、内带队伍。

双龙镇高山社区标准化冷凉蔬菜种植基地气度更是不凡。它是省委书记孙志刚明确的贵阳市定向帮扶点，是在威宁建设5万亩标准化蔬菜基地的组成部分。

顺着水泥阶梯拾级而上，到了海拔2600米的峰顶。远山的大字招牌格外醒目，绵延的菜地尽收眼底。一位头戴遮阳帽，脸庞被高原日光晒得有些微红的中年女子，走上前自亮身份："我是贵州大学的'张蔬菜'。""张蔬菜"是贵州大学农学院教授、蔬菜专家，名叫张万萍。她和李文彪、祖贵东等专家组成团队，专门为基地提供技术支撑。

"贵州大学？"这几年，我走访过这所大学的"潘核桃""龙猕猴"，他们"把论文写在田野上"，对贵州农业产业发展功不可没。第一次见"张蔬菜"，想她一定是个有故事的人，谈兴也就越来越浓。

张万萍倒有些不以为然。她说："故事，也不是我一个人写的。"自从来到这个基地，她不但自己拼，还把自己的学生带上了山。她的专家团队，核心技术是选择优良品种、科学操作管理、绿色防控病害、产品商品化处理。这本来就是需要多方协同的"合奏曲"。

"你脚下就是贵州海拔最高的蔬菜生产基地。2600米，年平均气温16℃，无霜期210天，年降水量950毫米，正是发展冷凉蔬菜的好地方。能在这里用技术的力量脱贫攻坚，本身就是一个讲不完的故事。"说完莞尔一笑，她又转身向其他人介绍情况去了。

和张万萍交谈，为时不长，却在我心里荡起久久不散的涟漪。双龙镇党委书记冶伟苍介绍的一组数据也很提神：基地面积11000亩，覆盖高山、凉山、高坡3个村，吸纳1000多个农民实现就业，人均增收2700元，带动建档立卡贫困户232户1000多人。

把这笔账往大了算一算，全县蔬菜产业发展风生水起，拉动了多大规模的经济？带动了多少贫困农民改变命运？

突然想起"苍山如海"的雄浑诗句。不过，眼前这片"海"更加显得有活力。几级党政领导精心谋划，科技力量深度参与，企业和社会真情投入，群众挥别贫困殷殷期盼，条条江河汇聚起来，不是海是什么？

考古证实，亿万斯年前，贵州曾是海的世界。此海非彼海，远古的海，缺少由党的初心、人民意愿和科学精神勾勒出的这片"海"的新鲜和创意。

6月4日上午，我们来到在全县最边远的石门乡，翻过山去就是云南地界了。

这样的深山大壑，会让人产生海的联想吗？

会！

荣和社区新营苗寨，是就近搬迁村落。82户362个苗族村民中，贫困户就有71户316人，现在已脱贫69户312人。走进寨子，一幢幢民族风格和现代色彩融合的新房，簇拥着一个月牙形的池塘。村民广场、大路小道都清扫得干干净净。乡人大主席杨鼎带我们去看了一般乡村还不大常见的景观——牲口集中分养的圈舍，使用太阳能微动力的生活污水治理站。新营人，分明是已经不满足仅仅脱贫，还要向乡村振兴的好日子奔。

72岁的韩庆福老人，坐在自家两层6间房的小楼里，讲着穿鞋的变化。"过去住在稀稀垮垮的老屋里，下雨屋外全是泥浆，哪个会想到穿拖鞋？现在不同，出门干活的鞋，回家一定要换；穿拖鞋可以在家里走，也可以在屋外面散步。"他说，做梦也没想到这一辈子会住进像个小城市一样的乡村，得赶快适应环境。

老人有过沧桑经历，他的"辞旧迎新"耐人寻味。

海不仅波澜壮阔，一浪追一浪，不停向前奔跑也是它的禀性。小小的新营苗寨，给人的启迪并不小。

石门乡有个扶贫农场，占地1000亩，是颇有新意的蔬菜种植示范基地。

新就新在科学管理。基地经营者之一、威宁众果农业科技有限责任公司总经理，32岁的马侦观，从北京林业大学毕业后，在家乡的田野上找到了自己的用武之地。同另一家公司携手，整合新一代信息技术，建设智慧农场综合信息管理平台，采用多功能自动播种机械化运作，多道农耕工序一次搞定。先进设备成了"农情监测管理员"，产品出山靠电商和线下销售两条腿走路。

在马侦观团队里，有几个志同道合的大学毕业生。在基地核心种植区，他们正在为远远近近赶来的农民做示范。路两边，连片茂盛生长着的，一边是白萝卜，一边是洋芋。有人说："菜还种在土里，就有人下了订单。这样的农业没有搞头才怪！"

基地名字叫"一把伞"，不知是有意还是巧合，越来越多的农民在这把"伞"下，一步步接受现代科学技术的洗礼。从特定意义讲，基地的启示效应超过了它的经济效益。

一浪追一浪，一浪胜一浪的态势，也在石门乡干部结构更新的过程中体现出来。

乡长李良感慨："现在，村级干部中，年轻面孔越来越多，我们的观念不赶着更新都不行。"

大学毕业生胡钧溥，当了3年半团结村支书，他的代表性观点众人皆知："我不可能在村里干一辈子。最大的责任就是，要让那些会在村里干一辈子的人，知道正确的发展路子，该怎样一直走下去。"

硕士研究生宋冰是泉发村女支部书记。有乡亲问她成家的事，她半开玩笑半认真地回答："你们都不脱贫，我怎么能脱单？"现在，他们说得最多的话是："干部群众

都要当明白人。"脱贫之后要干什么？该怎么干？会干成什么样？都在搞明白之列。

威宁县城五里岗朝阳新城，是个易地扶贫搬迁安置点，住着2.2万名"新市民"。街道党委书记朱锦锋敲开79单元二楼一户人家的家门，我们见到了女主人马玉俭。马玉俭着一身城里人爱穿的裙装，已经不像农民。她在社区为"新市民"就近流转的500亩蔬菜基地里干活，干了快两个月还没拿到收入。可她不愁："新日子后边肯定就是好日子。"

和几位威宁本地干部交谈，谁说了一句："威宁当然不是海。但是有了脱贫攻坚，越来越多的威宁人情怀像海，产业发展的壮阔情景像海，人的观念变化更像海。说来说去，山海不是本就相连吗？"

这个说法，我赞成。

2020年6月9日

» "变"出一片新风景

出水城县城往南走，有个营盘乡。

营盘乡6个村都是深度贫困村。

6月5日，我们离开威宁县，将近中午时分到了营盘乡。县委副书记王崇立和几位县、乡、村干部介绍县情、乡情、村情，脸上却一直没离笑容。

王宗立念了几段流行在水城的"新民谣"：

水城春茶，喝着喝着春天就来了。

水城刺梨，摸起来扎手，吃起来养人。

水城红心猕猴桃，一颗红心走天下，万般蜜意醉生活。

民谣说的是在脱贫攻坚发展产业过程中，水城几个越来越叫得响的品牌产品，透出来的却是一种因"变"而被提振的精气神。

细微处体现的变化，最有说服力。

哈青村在一个高高的坡上，房子普遍不算太新，可家家户户房前屋后和村道都被打扫得干干净净。村支书胡小占说，没有在村民中普遍形成的"比"的风气，你眼前看到的不会是这个样子。

比什么？过去的哈青村，既穷且脏，不少人精神还有些浑浑噩噩。

"第一书记"罗清说，有一招试了就灵。"评比积分"，谁家卫生、庭院干净，谁家脏、乱、差，影响人居，破坏环境，都变成了正负积分，分数不同，家门口会被挂上不同颜色的牌子。积分还可以兑换商品，村里专门办起了"积分兑换超市"。农民们一个个在心里盘算：得不到免费的商品也就罢了，挂上差牌天天挨"批"，这人哪里丢得起？村干部也会因势利导："积分高的可以得到一个电磁炉，等于是免费领取。积分低的，那就连一支牙膏也别想得到。好坏你们懂得，要高要低，全凭你们自己。"不愿"居下"的人逐渐增多，"比"的风气慢慢成形，家庭卫生、环境卫生状况开始改变。

也有不想比的。

村民石小荣，家里脏乱出了名，还爱酗酒。讨论积分评比兑现的院坝会上，他直摇脑袋："哪里会有这样的好事？粮油、锅子、洗衣粉白送你？评比评比，哪一次好处还不是只落到几家头上！"事实让他改变了看法和想法。终于凭积分领到一包洗衣粉和一打卫生纸的那天，村里把石小荣请上院坝会的讲台。石小荣有了扬眉吐气的感觉，他向乡亲们讲述干部们一次次上门做工作的经过，还提出建议，产业发展、乡风文明、基层治理、增收致富，"都该拿来评和比。"

农村门对门，户挨户，有人提倡"比"，就会慢慢形成"气场"，你不会不被吸引进去，只是时间有早晚。

激发农民内生动力，在哈青村被物化成"积分评比"，"比"又提升着"变"的速度，一些照常理不会发生或者不该发生的事渐次发生。

参观完村民李腾飞承包的养鸡场，出来迎面碰上一个一瘸一拐、但全身收拾得蛮干净的人。他叫徐宏辉，曾经在这个养鸡场里当技术员，现在自己干起了商品鸡苗营生。一个单身残疾人，在脱贫攻坚中属于政策扶助对象，可他偏要自己拼一拼。你看他喜形于色地算账："村里拿出八九千元为我修鸡舍、买鸡苗，我不干好对不起人。再有两三个月，我保证把这近万元翻成几万元。"算完账他就笑："到时候，我不信没有好女人看不上我。"

这种"变",涉及人,离不开脱贫攻坚大背景。

哈青村里家家户户房前屋后都建有"小康菜园",这源于六盘水市的统一要求,让老百姓把以往不起眼的空地开发出来,达到"提升乡村环境颜值、提升乡村文明气质、提升群众生活品质、提升庭院经济价值"的目的。不过,这里的"小康菜园"同我在其他地方见过的"小康菜园"又多少有些不同。

村民王小德,家里一溜平房,清清静静。房子拐角处也被当作"小康菜园",地只有一分,围墙就地取材,一排火棘果树被当作墙体用。地里面插花般地长着白菜、萝卜、小瓜,架豆开始爬藤,小葱正是青翠。他家庭院比路基高,院子边上用卵石砌出一个个花坛,花坛里有花,但菜更多些。花坛与菜园交合处有个棚架,这是"小康菜园"的标配,不同于我在别处所见,主棚架是村里统一发放的金属件,架上面的竹竿却全是王小德自己的"作品"。

别处的"小康菜园",现代气息更浓;哈青村的"小康菜园"则保持了浓烈的"土"味。或许,"土味"更能激起乡愁。在这件事上,哈青村的"变"成了"变通"。

营盘乡罗多村"第一书记"黄亚祥也讲了自己"变"的故事。

33岁的黄亚祥毕业于复旦大学国际贸易学专业,是六盘水市委办公室干部。他家一门出了三个"第一书记",大哥、二哥都在盘州市的村庄里任职,为脱贫攻坚"三兄弟大比武"一时传为佳话。

"第一书记的职责到底是什么？"

刚进村时，他笃定这责任就是要比别人多费心、多流汗，把产业规划搞出来，把村子发展的路理顺。

到后来，他在变。

抓发展固然不错，但更重要的是"抓人"。

村干部开展工作局限于老模式，上面喊一下，下面动一动。他的办法是"各个击破"，专捡干部的短处下手，长处则让你有足够空间发挥。一二十年告别不了的"惰性""惯性"悄然退去，人人有干劲。他把自己的心里话讲得明明白白："将来，我离开了，村干部还像现在这样干，就算我尽到了责任。"

易地扶贫搬迁不好搞，一遍遍开会宣传，还是没有几个村民报名。他找到了病根，老百姓真实想法是："你们为了完成任务，想办法把我们哄下山。"这不，干部和群众还没有"走心"。针对村民对干部的不信任，他一项项做出承诺，打了"哪项不落实，不管我去了哪里，都来找我"的包票，疏通了心结，就一顺百顺。黄亚祥说，这也是"抓人"。

这种"变"，直击思想，影响着干部思想和思路的创新。

干部也是人，也有活思想，也有利益诉求。调动他们积极性不是一句空洞的口号，不仅仅是硬性要求。

于是，一项村干部职业化管理的新举措，在水城县应运而生，一"变"激起千层浪。

蟠龙镇发贡村村支书周勇，提起县里实施的村干部"六化一体"就来精神。村干部是脱贫攻坚、乡村振兴的中坚力量，过去收入太低，又是干部中的"编外"人员，人人都有不同的难处，重锤敲下去，不一定都落在响鼓上。

岗位公职化、责任明晰化、管理制度化、报酬工薪化、办公现代化、服务便民化，村干部档案县委组织部直接管理，身份感、荣誉感、责任感同步上升。周勇因为曾经获得"全省脱贫攻坚优秀支部书记"奖励，还享受到副科级经济待遇，月工资拿到5900元，年终有奖金，年收入能上10多万元。"我们吃住在村里，责任在村里，再不豁出来苦干巧干，是对不起组织对我们身份认同的。"周勇的话，代表了相当一部分村干部的共识，看得出"变"对

干部精神面貌的提振。

"六位一体"是一种尝试，往前走还有不可回避的问题。有人在做更深层次的思考：村级经济不发展壮大，村干部工薪来源恐难以为继。这，也可以视为"变"中的"变性"思维。

"变"，往往需要内外形成的合力。

在一个叫作鸡戏坪的村子，营盘乡党委书记吴忠婷指着一片在阳光下泛着淡蓝色光泽的厂房对我们说："看，那就是营盘乡养鸡场。用扶贫子基金建设，现在年产值达到千万元以上，日产鲜蛋40万枚。"

而这些鲜蛋，正是通过东西部扶贫协作的渠道，源源不断地销往辽宁大连市。

杨梅乡姬官营村里的"水城菌种场"，也是东西部扶贫协作项目，由大连市援建。

副场长杨建祥，原来是本地农民，他遇上了"变"的机遇。谈起这个年产2.1亿菌棒、为480多名农民提供就业平台的企业，他眉宇和谈吐间都是自豪。当然，值得自豪的还不光是这个企业，通过这个企业的产品，带动千千万万种菌农民脱贫致富，更是让他高兴的事。

百车河是水城有名的景区。景区里的蟠龙镇桃苑社区是易地搬迁"新市民"的新家。"新市民"何老四身着连衣裙、脚穿水晶凉鞋，倚在自家百货小店栏前，一脸满意的表情。

何老四是从深山中一个叫滑石板的小寨子里搬出来

的。这一搬，就搬出了身份的彻底改变，在她眼里有很多新鲜事。

过去，自己连学也没上过，村里孩子读到初中已经很满意。现在变了，她给自己的孩子定了目标：最好能读上大学。

以前，在寨子里从未开过会，现在见天都在开会，而且讲的是大家感兴趣的问题，教你怎样适应新生活，怎样去掌握自食其力的手艺。这样的生活，越过越有味道。

蟠龙镇镇长袁健说，这也是一种"变"，而且这种变意义特别深远，是何老四这些曾经的农民，在政府的帮助下，自己去斩断贫困世代传承的根。

同行的一位诗人当场口占："搬出来的是今天，过上的日子是明天。搬出来的是人，断掉的是穷根。"

脱贫攻坚是中国农村社会经济的一场深刻变革。水城县在脱贫攻坚中接踵而至的"变"，是这场大变革中的一道新风景。

2020年6月10日

» 一座桥·一条路·一个人

阶南南寨小得很，只有35户人家154人。

寨子里的人都是苗族，世代相袭。老辈子掰着指头算，寨史少说也有500年。

流到清水江去的巴拉河，在雷公山北麓的一串山下拐了个弯，便把这个"大名"叫台江县老屯乡皆蒿村四组的小寨子，甩到了河对岸，有点像个孤岛。

阶南南寨子虽小，也有它的迷人之处。清一色的苗族竹屋，朴实的村民，就连袅袅绕绕的炊烟，从早到晚听得到的犬吠、牛哞、鸡鸣，平平常常的生活图画，都带着几分奇异的色彩，让人不自觉地萌生想走进去看看的冲动。这寨子，烟雨蒙蒙时，像幅水墨画；阳光遍洒了，就不大辨得清眼前的情景，哪些是天造地设，哪些又属于人与自然的相融。

巴拉河水并不湍急。冬日里，水甚至还有些小。可一到汛期，水就很汹涌。

要过巴拉河，只有靠渡船，说起来有说不完的无奈与辛酸。

阶南南寨盼了几代人，就想有座桥。

寨中68岁的长者龙光珍，当过村民四组组长，也在河上义务撑了20多年的摆渡船。他说，靠摆渡过河，最苦是苦了寨子里读书的孩子。

寨子太小，没设学校。孩子上小学，要到河对岸的村里，上中学则要去更远的地方。他们早晚得过河两次，枯水期还可以搭木板简易桥将就；一到汛期，就算有船，也很危险。水势太大时，根本就无法行船；出不了寨子，就上不成课。即便去了学校，也可能没有船回家。

寨里人的说法，与龙光珍又有些不同：岂止是孩子？这几年，脱贫攻坚有好政策；可我们连进出个寨子，都不方便，啥子事都比别人来得慢。

没有桥，还有更揪心的事。

几年前，寨子一个贫困户孩子被跳蚤咬了，主人家智障的妻子用农药为孩子涂抹皮肤，造成他中毒昏迷。因为船出不了寨，险些误了抢救。后来，孩子保住了命。寨子里的路，却一直是寨里人的"痛点"。

群众想修桥，没有能力。

政府也想修桥，没有钱。

乡里、村里早知道了阶南南寨村民的愿望，可心有余而力不足，只好在改善渡河条件上打主意：先是尽量增加渡船数量，后来又把木船换成铁船。治标治不了本，没有从根本上"解难"。

1934年12月，中国工农红军从寨子边摆渡上岸，继续长征的路，一路浴血奋战。山重重，水重重，寻找中国革命星火燎原的希望，小渡船上"划"出大奇迹，革命理想高于天。

80多年后，阶南南寨还要靠渡船出入，就因为贫穷边远，没有桥，又为贫困边远增加"重量"。

2020年6月18日，我来到皆蒿村，却在从阶南南寨往上走将近一公里远的巴拉河上，看见一座长100多米、钢筋水泥结构的桥，横跨河的两岸。那桥头，还牵出一条路，直通阶南南寨。这条路，过去也是没有的。

几天来，连着下雨，还没硬化的路不好走。龙光珍和寨里村民龙光宏、吴正文、吴海立几个人，提前从桥上过河来到村委会，说要讲这座桥、这条路和一个人的故事。

他们要说的这个人，叫王小权，中直机关派驻的扶贫干部。到基层，担任老屯乡党委副书记、长滩村第一书记，皆蒿村是他的脱贫攻坚联系点。不过，我们与这位老百姓喊起来十分亲热的"王书记"已无从相见。

2019年12月26日，王小权出差结束。为落实一个引进外来资源在老屯乡发展教育旅游扶贫项目，他心急火燎地往回赶。途中，不幸遭遇车祸。四个多月后，带着未了的心愿，永远离开了这片让他梦绕魂牵的绿水青山，生命永远定格在45岁。

真正为阶南南寨建座桥，始于脱贫攻坚。

2017年开始修建的阶南南桥，经过扶贫干部多方协调，中国再保险集团筹资投建。

谁料工程正到紧要处，突然碰到了困难，建设开始时断时续。

王小权正好在这个时间点"接班"。他和其他扶贫干部、本地干部，一起投入"解难"的行列。他第一次看到的施工现场，只建起两个桥墩，另一个桥墩刚刚浮出水面。

一座一波三折的桥，像一份考卷。

是半途而废，是强调困难，是退缩不前？

这位本来就出身农家，坚信"等到二三十年后再回头看，脱贫攻坚所做的事，都要经得住历史考验"的扶贫干部，只有一句话："接着干！"

疏通各方关系，想方设法协调到240多万元资金。只用了几个月时间，不仅让桥墩全部出水，而且还铺通了桥面。一个曾经几乎被迫中断的民心工程，终于实现了凤凰涅槃。

提起这座桥，皆蒿村村支书刘跃军，因为难过，声调都低了些，但字字都很清楚："可惜！ 他还没来得及验收这座桥，就走了！"在王小权心中，脱贫攻坚就是要下力气抓群众几张床、几张桌子、几碗米，看得见、感受得到、又最上心的"小事"，阶南南寨子再小，可了却35户苗族村民心愿也是天大的事。

建一座桥不易，修一条路更难。

从桥头往寨里走，有800多米距离，要上到寨尾，则超过了一公里。有桥就得有路，可要办成这样一件好事，却在阶南南寨遭遇阻力。

35户村民，4户反对修，还有4户态度摇摆游移。

王小权带着村干部逐家走访，最后心里有了底。

反对的人、态度模糊的人，其实也不是真心反对修路，只是修路要拆他们房子、占他们田土，因为这条路并非国家项目，得不到拆迁补贴，这些人心里有疙瘩。

王小权"大道理""小道理"一起上，几次进寨，让大家把账算清楚："通组路主要靠大家出钱出力。你不配合，我不配合，最后是不是误了全寨子的事？"这是"大道理"。"寨子通了路，人和东西进出都方便了；发展起来，对哪家没好处，怎么会吃亏？"这是"小道理"，谈心对象就是那些还在为自家利益纠结不下的村民。他承诺：先从扶贫专项资金里挤出两万元作为挖掘机的油钱，让挖掘机马上进寨开工；后面的钱，他来想办法。

一个不是寨里的人，却为寨里的事牵肠挂肚，这种感动来得最为真实。坚决反对修路的村民吴引立带头表态："之前，我没想明白。后来，多次看到王书记在村里为我们办事。事干得实在，人又很真诚，我就带头同意了。"

这一下，局面顿时打开了。挡在路中间的三家房子，寨里人一起上场帮着拆了，又在新址上把房子重建起来。那些要被修路占地的人家，也陆陆续续让田让地。

临近年底，困扰着阶南南寨几代人的难题终于破解，全县最后一个"摆渡寨"成了历史。

路和桥，都是产业发展的翅膀。路通了，桥有了，这翅膀该怎么飞，就是当务之急。王小权又在不声不响地做事。不过，这一次，他的眼光没有只停留在阶南南寨，而是撒向了皆蒿村。

近几年，皆蒿村发展起57万棒食用菌，种植了100多亩大棚蔬菜，菌子、蔬菜产量都不低。"卖难"就显得很突出。长久的"卖难"，会严重挫伤村民发展产业的积极性。为搭建从乡村到市场的桥和路，王小权不多说什么，只是实实在在地上踩出自己的脚印；听听村民怎么讲这件事，或者更有实感和说服力。

贫困户邰记丁靠种菜脱了贫。他眼中的王小权，就与菜直接有关系："在小权书记的帮助下，我们村的蔬菜全部销售完了，均价从每斤四块二毛钱上涨到五块八毛钱，食用菌单价也比市场均价高出百分之二十。"

皆蒿村三组村民吴通贵，更是常把一句话挂在嘴上："王书记是真的对人好！"王小权把身患残疾的他安排到食

用菌基地上班，一天有超过80元的收入。儿子、儿媳也被组织到外地打工。"我家已经脱了贫"是他最高兴的事。

王小权还干了不少村民焦心的事：对接劳务部门，为皆蒿村200多村民外出打工解决路费；皆蒿村的200多亩耕地，因沟渠损坏，无法引水灌溉；而完成人畜饮水工程，既能眼前治标，又会长远治本。

苗族群众是皆蒿村的村民主体，王小权在皆蒿村干的每件事，都让群众看到了他的一片真心诚意。

一座桥，一条路，在皆蒿村，已经超越了具体事物的范畴。干部群众说的桥和路，其实是一个扶贫干部把心交给群众，群众也在心里面接受了他，永远记住了他的鲜活故事。

6月28日上午，久雨初停，阳光和煦。站在皆蒿村"村支两委"办公楼外眺望：远山有高铁大桥穿过；巴拉河对岸，阶南南桥连着已经成型的路，直通阶南南寨。村上干部说，道路开通当天，就有村民把新买的轿车开进了寨子。巴拉河这边岸上，当年的高铁施工砂石场，建起了成片的食用菌大棚。离河不远的空地被圈了起来，这是村里的斗牛场。

历史和现代，古朴与新鲜，开始了交融的进程。

皆蒿村，正在迈出改变面貌的步履。

眼前的场景，刻着一个人、一个扶贫干部曾经倾情投入的印迹。

2020年6月27日

» 工程师的一段心路历程

从2016年4月算起，唐耀在六盘水市钟山区月照街道（当时叫作社区）独山村，已经当了4年多驻村第一书记。

离开贵阳到独山村那一年，他还只有32岁，贵州省地质矿产中心试验室测试中心副主任，一个略显木讷的工程师，架着一副眼镜的白面书生。

4年多过去了，独山村的雨雪风霜，把这个白面书生变成面色黝黑的汉子。他说起话来，不再腼腆，洋洋洒洒，一套一套的。

同事们惊叹他的变化，他对这些变化倒有些平心静气，说这不过是碰上一次好机会。"最大的变化，其实在内心，机会来了，你抓得住，又用真心投入进去，内心肯定会变。"

见唐耀第一面，我就注意到一个细节，他不把所驻村子叫作"独山村"，而是唤作"我们村"。2020年7月10日，他带我去独山村"走马观花"，一路上介绍村情村貌，那言语，那笑容，分明透出本乡本土人的深情。

月照街道，得名于当地一座叫"月亮"的山，一个叫"月亮"的洞。洞其实是座长在山上的天生桥。一入夜，月光透过洞口折射出来，就有别处寻不着的韵味；到清早，从山洞里洒出来的晨曦，和着飘拂而至的雾，你仿佛走进若隐若现的仙境。月亮山、月亮洞都位于与独山村毗邻的双洞村。唐耀说，独山村比这还美。10日上午，车载着我们，穿过两个隧道，唐耀一路喊"停"："这是我们的大天坑，你看美吧！穿过天坑，就是我们村。"又到一个处所，唐耀拉我一定要下车看看，说这里是"我们村的十里绝壁画廊"。"十里画廊"果然名不虚传，四周山壁都像大自然泼洒的图画，鬼斧神工。唐耀笑得很灿烂："这是我们村的宝贝，怎么美你就怎么想象。"双洞村的害赖河流到独山村便成了三岔河。唐耀指着村委会团转三

个村民组："三岔河在这里绕了个弯，河里升腾的水汽遇到早晨的冷空气，便形成了像是挂着山头上的平雾。起雾时，你来看，整个村子像是披着件朦胧的外衣，我们村真是太美了！"

唐耀口口声声说"我们村"，他初来乍到时，其实，自己与眼前这一切有相当明显的心理距离。

唐耀虽然在农村长大，可长期从事技术工作，农村基层工作对他而言，是陌生的领域。

况且，计划赶不上变化快，一到独山村，就得面对四道难题：

一是三十年一轮，繁杂的土地确权工作又要开启。

二是驻村两个月，村支书因车祸去世。

三是进村不到四个月，村委会主任被村民用锄头刨成重伤住院。

四是三年一度的"村支两委"换届，又必须在艰难的情势下着手进行。

千斤重担一人挑，唐耀感受到空前未有的压力。

刚进村时，他倒床就能入睡。此刻，再怎么苦怎么累，却经常整夜失眠，甚至怀疑自己是否有能力把驻村工作坚持下去。唐耀有些不好意思地说起当时的心理活动："我甚至想要辞去第一书记的职务。不过，这始终是个藏在心里的念头。"

独山村四周全是山。一有空，他就爬到村里的大山上，看着山下大大小小的寨子和更远处望不到头的群山发呆。没有人知道他的想法，或许他想同山说点什么，但听不见他的声音；要么他想对着山喊一嗓子，一吐心中的郁结；可山里除了风，只有鸟掠过的身影。其实，唐耀是在空旷的山里反问自己：一年不到，就遇到别人几年都不见得能遇到的突发情况，难道还没有上场就认输？遇到了人生的难题是不是就有理由选择放弃？

他选择了"不放弃"。

啃下"村支两委"选举这块"硬骨头"后，唐耀写下了这样一篇日记：

> 2016年12月31日，星期六，晴。
>
> "村支两委"的换届选举今天终于结束了。从11月初的支委换届，到今天结束的村委换届。前前后后近两个月时间，绝大多数精力和时间都放在了这上边。虽然有一些小插曲，但是总体还算顺利。我也终于可以放松一直以来紧张而高压的心情。……我这个对基层工作几乎一窍不通的工程师，没等熟悉情况到位，意外情况就层出不穷，还赶上了三年一次的换届选举。硬着头皮坚持下来，总算没出什么问题。回想起两三个月前自己甚至有了打退堂鼓的念头，不禁有一种恍如隔世的感觉。……想当初不了解这些，也是初来乍到跟着学，每天累得不到晚上8点倒床就睡着了，第一个月瘦了8斤。而现在刚好相反，躺在床上却怎么也睡不着。失眠早已成为一种习惯，现在该是好好调整自己状态的时候了。

调整状态的结果是，他还想继续啃硬骨头。当然，"村支两委"在困难情势下换届成功，给了他莫大的鼓舞。

独山村有7个村民组，占地面积最大的水井组贫困程度最深，87户村民中有39家贫困户。土地贫瘠、交通不便、吃水困难、缺少产业，贫困乡村能摊上的致贫原因这里都找得到。唐耀和村干部一道，带着村民一起拔穷根，让村寨面貌发生了根本变化。不过，他特别上心的是，关注一些有特殊困难的贫困村民。他认为，这是在啃硬骨头中的硬骨头。

到水井组，他走访了因病致贫的文士学。

文士学两口子都染上过肺结核病。走进他家那老旧的瓦房，唐耀的第一印象是，这哪里像个家！屋墙透光见风，被报纸东糊一面西贴一张的墙壁，被煤烟熏得一片漆黑。一盏10多瓦的小灯泡，照着缺乏生气的一家人。文士学当年只有47岁，但对生活前景已经失去信心："有点钱，就拿去医病了，病又医不好。这日子，没想头，好歹过一天算一天。"唐耀不讲大道理，只说他的病："现在，党的政策好，再大的困难也挺得过来；不过，你自己也要争气。"唐耀建议他一方面抓紧治疗，一方面干些力所能及的活，既能强身健体，又能增加些收入。

解决文士学家住房困难是当务之急，唐耀没少想主意。根据他家的情况，易地扶贫搬迁和危房改造政策都沾不上边。经过唐耀等人的努力，终于搭上了一条政策的东风：未脱贫农户家居确有困难，允许拆除旧房，原址建新房。2018年下半年，文士学全家住进了新居。旧房未拆时至新房建成后，唐耀自己都记不清去了文士学家多少次，千言万语其实就是一句话：对你我们要帮到底，可你也要有自立的志气。

2020年7月11日下午，唐耀和独山村村干部李忠元，陪我走进文士学家新居。这是一幢砖墙水泥顶的建筑，四间正房外带厨房和卫生间。文士学坐在堂屋里同我们交谈，人看上去还有些病病恹恹的，但眼里有神气："唐书记初来我家时，我想这下半辈只有混着过了。现在，却是还想往好的方向奔。"说话间，他还拿出一本存折，唐耀帮他算了一下，上面他一家今年各种政策性补助有4000多元。

贫困户同唐耀处成了好朋友，唐耀说，没有什么诀窍，就是以心换心，他们急的事你一定要替他们急，甚至得比他们还急。这样，才找得回他们的信心，也能得到他们的信任感。有了这一心一感，就找得到解难的法子。

2017年7月15日，中午12点多钟，唐耀听到河边组包组干部反映，组里一些村民家墙体开裂，"今天的裂缝比昨天宽，看到变宽，一天比一天宽。"时值汛期，唐耀心里一惊：必须赶快采取措施。一边带人去组里劝人不要待在房里，一面紧急向上级汇报。当天下午5点多钟，月照街道拍板：全组村民搬迁。

80多户300多人搬离祖居不是件小事。要给村民寻找临时安置点，做好服务工作。还要组织巡查，防止村民财产被盗或受到损坏。猪、牛、羊还关在圈里，种的菜还在地里、山上，谁家不牵肠挂肚？

巡查的那些日日夜夜，唐耀每天都不落下，他知道财产安全在老百姓心中的分量。独山村蛇多，不管晚上白天，不论天晴下雨，都有碰上蛇的可能，唐耀偏偏从小就怕蛇。那天夜里，他和村干部李忠元一路巡查，谈兴正浓时，老李突然告诉他："刚才就有条蛇在你脚边。"直吓出他一身冷汗。

河边组一位老妈妈，种了几分菜地。人搬走了，却放心不下地里的白菜、萝卜、黄瓜，又悄悄回到老屋。发现人来了，就把门关起来。却让唐耀看出破绽：门上没有挂锁，房里肯定有人。于是开始了一场"隔空喊话"："这房里危险，地里菜有我们巡查，出不了问题。哪怕你打我骂我，你今天不出来，我就守在这里不走，守定了！"结果当然是他的坚守生效。

河边组组长杨明兴说，这样的故事，他可以说出一大串。唐耀自己也说了不少这样的故事。

有一次，几个村民因对政策没有了解到位，到村里来信访。当时，村民们情绪激动，不愿意到会议室去谈，要在办公室外的走廊上坐在地上讲："凭什么要躲躲藏藏？"唐耀见状，灰都没拍一下，直接坐在村民对面的楼梯台阶上。就这样和农民交谈了3个多小时，最后，让他们心平气和地离开了。

"为什么？就因为村民觉得你是他们自己人，不拿架子，不做样子，事事站在他们角度去考虑，这样走心暖心地做工作，当然他们听得进去。"

　　唐耀实现了从一位工程师到农村扶贫干部的身份转变，催化剂就是以真心换民心。我们不妨看看他的另一篇驻村日记，这是他在终于做通一位因为负气重回山上老屋居住的大龄单身低保贫困户思想工作后写下的："我只有耐心地倾听他的委屈和心声，充分为他考虑，站在他的角度理解他、关心他，将心比心地安慰他，动之以情，晓之以理，才能最终把他感动。这说明人心是肉长的，只要我们和老百姓真心相待，尊重他们，理解他们，为他们着想，他们也会信任并接纳我们。"这村民本身有病，搬下来几天后就病发住院了。如果还住在山上，那后果谁都无法想象。

　　唐耀的话很质朴，没有煽情，却说的是悟出来的深刻道理。

2020年7月18日

» "一汪水"后面的故事

水可以至清，也可以至浊。

一汪污水，不知存在了多久时间，蓄积在道路低洼处，不仅恶臭，而且车辆经过水花四溅；村民出入，必须涉水而行；老年人到了这里，更要多加小心。

2018年10月，董贤江第一次走进关岭县顶云街道角寨村，角寨村的水竟给他留下这样的印象。

他是安顺市委宣传部干部、市互联网舆情研究中心舆情应急科科长。也是接任市委宣传部派驻干部徐娟的人选，来做角寨村"第一书记"。

一汪水积在村道上，这事是小是大？

有人说大，有人说小。

说小的人认为，这样的事发生在角寨，算是见怪不惊。臭水积得久了，群众当然有意见，可但凡真有干部过问了，他们光是看而不动手。有人概括成"干部干，群众看。""为什么？"村民觉得干部有他的任务，完不成任务不好交代，于我又有何干？

　　缺了村民这番自觉性，干部常有挠头的事。一些干部最怕上级来检查，得了通知，知道动员群众也白搭，会连夜花钱请人突击，活生生整个"环境"出来。这样的事多了，再大不也成了"小"，不必过分认真。

　　说大的人坚信，不是要和群众连心吗？为他们解决"行路难"还不是大事？

　　董贤江是后者。他分别向干部群众了解积水成因后，迅速与"村支两委"商量解决办法，把它当成了大事来抓。

　　他和驻村干部史贤忠实地查看制定开孔引水入沟方案，联系施工方作业。施工队负责人听说第一书记进村就为村民解难，也就免收了工钱。但闻机器轰鸣，不到五个小时，水沟在路边开挖出来，"积水难行"成了昨天的故事，结果当然是群众和干部都很满意。

　　"一汪水"的变与不变，以及变的过程，却让董贤江动起了脑筋。

　　都说脱贫攻坚改变面貌，农民是当然主体，"一汪水"后面是不是就藏着村民的内生动力没有激发出来的问题？

　　好！何不就从整治环境入手，来次涉及每户人家的评比，让村民意识到在不整洁的环境里自己也过得不舒服，把整治环境当成自己的事来做，这不就是唤醒他们的内生动力？

　　其实，前任"第一书记"徐娟已经开了头。不过，方案还未及实施。董贤江这下要和村干部一起来真的。

一个月后，全村五个组，开始逐家逐户评比在"爱我家乡·美化家园"环境整治中的优劣高下。上了"榜首"的家户自然喜笑颜开，"名落孙山"的免不得脸红心跳。一个得了倒数第二的村民组，组长觉得面上挂不住，赶紧召集全组老小开会，定下来按每人15元的标准集资，组里请专人负责环境卫生，说啥也要把"倒数第二"的牌子"退"回去。人们开始较真。

这一评，还评出了典型。村民伍升龙、刘仕华不要报酬，长年推着小车，自带扫把，打扫周边卫生。问他们图个什么？回答朴实但有道理："就是为了在寨子里看着舒服。我们也不吃什么亏，不过是为大家的事出了力。"

几个月后，村里召开表彰会，驻村干部、派驻网格员、"村支两委"成员、各组组长和评选出来的文明卫生示范户代表、村民代表，聚集在一起。掌声响起来，奖状颁过了，大家再回头一看，角寨村村民自觉自愿打扫卫生，真的已成为村头寨尾最美最炫风景。

2020年8月7日，我去了角寨村，同安顺市委宣传部常务副部长梁正志，关岭县委常委、宣传部长王敏，一起听了从"一汪水"到"一村评"的故事。梁部长有感而发："在脱贫攻坚中扶志扶智，是个共性任务。但宣传部门的帮扶干部，更要思考怎样把我们的优势发挥出来，怎样取得更好的实际效果？"

他的一段话让我印象深刻："氛围很重要。进入一个又脏又乱又差、大家都得过且过的氛围，人自然缺少改变

面貌的干劲。反之，就是另外一种景象。"角寨村的"一
汪水""一村评"，可以看作是改变和营造氛围的实践
过程。

这种实践，这几年在角寨村就没有停止过。

"村支两委"办公场所原来在一座二层小楼，经鉴定
是危房。在这样的场所办公，干部心里有顾虑，村民也会
有些想法。从某种意义上看，说是个影响大家信心和全村
形象的标志物也未尝不可。其实，它就是"氛围"的一个
组成部分。

村民没有活动场所，这教育那教育，有时就无从入
手，村民精神文化生活也无所寄托。要把农民的创造力激
发出来，这是不是也算"氛围"之一？

市委宣传部协调资金60万元，在危房旁边新建起三层
楼高、美观大方的角寨村综合服务中心，改善了"村支两
委"办公条件不说，又为群众提供了看着就舒心的便民
服务平台。在这样的氛围中，激发正能量，无疑会畅快
得多。

综合服务中心门前，是1000多平方米的村文化广场，
也是市委宣传部支持修建的。周边墙上，绘制着各种图画
和标语，大到国家政策，小到村规民约，都用农民看得懂
的形式画出来、写出来，有时就胜过你给他上很多次课，
讲很多大道理。

这种广场不仅村里有，各寨也有。

角寨组的广场只有篮球场大小，两边也还真竖着篮球

架。我们在寨上距广场不远处，碰到56岁的布依族农民潘全义，市委宣传部干部对口帮扶的贫困户。人贫才艺却不贫，他是布依民歌的传承者。在组里500多名村民中，有几十人是能歌善舞的中坚力量。这几十个人在他带领下，把布依歌舞唱和跳出了寨子，最远甚至到了六盘水市的六枝特区。寨里的小广场兼篮球场，既是他们的练习场，也是这支"歌舞队"的集结地和出发地。村民罗良芬讲不好普通话，却是唱布依山歌的好手。她一边说，顶云街道办事处副主任、角寨村脱贫攻坚指挥长罗洪一边当翻译："过去唱的是'有客来家我欢喜，请你吃酒吃粽粑'，说明了布依同胞很好客，可那只是一种性格。现在唱的是'好日子不忘共产党，好道路全靠党指引'。唱的都是她们想说的真心话。"

苗族村寨白硐组广场又别具一格，不仅宽敞，而且旁边有一溜瓷砖墙的平房。一问，这别致的房子，原来是组

里投入一部分来自砂石厂收入的集体资金，村民再集些资，用10多万元建起的公益活动中心。村民要办红白喜事，开展各种活动，再不用"遍地扎营、到处开花"，来时哄闹一场，走时垃圾遍地。氛围好了，人心也静。但见中年苗族妇女王顺芬，做完农事悠悠归来，手上立马拿起绣花针，她要抽空再赶绣一条裙子。见我们人多，她也兴起，转身到里屋拿出几套已经绣好缝成的苗族衣裙，红的红，紫的紫，绿的绿，上面的苗绣很生动。这些衣裙，她已绣了半年以上时间，全是为迎接儿媳妇进门用的。听我们讲起组里的广场，她笑了笑，又叹口气："那地方好，过去没事我也去转，看到那里就想到我们的生活会越过越好。只不过这阵子忙了，好久没去。"

听她一笑一叹，同行的罗洪也生出感慨："这不就是最实实在在的感恩教育！有了场地，就有氛围。宣传部这工作真叫春风化雨。"

凭借这些广场，宣传部演出了一台台让人心动起来、把人心团起来的好戏。

董贤江一时有些算不清楚，市委宣传部已经组织了多少次文艺演出进村，反正先由专业人员表演，再发展到村民纷纷要求自己演，甚至抢着演，台上台下融为一体。一些组里还成立了文艺宣传队，到后来，竟成了村里文艺演出活动的主角。她们也有一说："唱出我们的快乐，跳出我们的希望。"

我撷取了去年角寨村"庆祝建国70周年暨'我们的

梦'文化进万家"活动现场的一些镜头：

一首《关岭好风光》拉开序幕，美好的歌声立刻抓住人心；舞蹈《梦醒·乐花》、芦笙演奏《贵州有多贵》、快板《帮扶》，都像生活里的小插曲，而且不少演员就是村民，一个个节目渐渐把现场推向高潮。广场上，时而一片欢笑，时而一阵呼叫；如梦如幻的情景，从开场延续到结尾。好多天后，还是村民喜欢摆谈的话题。

这样的效果，是照本宣科的宣传方式全然无法达到的意境。

创造氛围，让政策的风一直吹进村民心里，角寨村还有很多自己的个性创造。

"各位父老乡亲，现在给大家播放脱贫攻坚'1+10'政策。今天播放的是教育扶贫方面的政策，凡是在档的贫困户子女，考上二本以上大学的，可申请4000元补助……"

每天早上8时，这样用汉语、苗语、布依语轮流播报的节目，就在村头寨尾响起。内容有新闻、有政策解读，还有天气预报和歌曲。

这是村里的"大喇叭"。按照县里要求，村村要有。角寨村突出了地域和民族特色，"大喇叭"还衍生出"小喇叭"，上了摩托车，响彻了全村角角落落。

"大喇叭"和驻村干部、村干部和骨干人员的"政策早读一小时"结合在一起，又带出很多"新生事物"。

"早读"连着"夜讲"。

院坝会、村民会、小组会，每当夜色降临，"小喇叭"配着此情此景，拉家常式地针对村民思想实际有的放矢，入脑入心程度非正正规规开次会可比。

创造氛围是为了激发"英雄气"，目的还是发展产业。有了能够持续发展的产业，角寨村谈前景才有底气。

宣传部门能掌握的钱不多，但却协调来不算少的资金，以及方方面面的真诚相助，好钢用在刀刃上，破解了事关角寨村发展的不少难题。

五个村民组，家家户户通了自来水；全部实施完成通组路、庭院硬化、串户路工程；电力通讯全覆盖；建立起一套完整的垃圾清运、村庄保洁体系。

帮助补齐村里合作社资金短板，支持发展食用菌。协同有关单位免费为食用菌基地修建水池、冷库、高压线路设备。还协调资金5万元购买4000只鸡苗，全部发放给贫困户。他们说，这就算是星星之火吧，但点得燃一片熊熊的火焰。

果然，20亩食用菌加上后来的50亩林下竹荪，当年实现种植收入27万元，村集体经济收入17万元。由于建立利益联结机制，解决了贫困人口800人次就业。

董贤江又有新思路，一面向市委宣传部汇报，一边同罗洪、村干部商议：村里的"道德超市"，助推了乡风文明建设，但它的原创基金来源于市委宣传部的资助，能不能再往前看几步，把这个乡村建设中的新事物紧紧地同集体经济捆在一起，让文明建设与经济发展互为推力，再开创一个新局面。想法很接地气，也衔接了更大的目标，但真要落地，肯定还是要经历一番艰难曲折的。

还有许多工作，需要创新思路。

这成了他常与罗洪和村支书、村委会主任李天燕念叨的事，有时，甚至要向前任村支书韦敏问计。

保护民族特色村寨成绩不小。角寨村的民族传统手工艺、传统特色饮食文化、传统民族歌舞，这几年名声在外，先后获得"全省民族团结进步创建工作示范村"和"全省少数民族特色村寨"称号。但是，这笔文化瑰宝怎样同将来的乡村振兴结合起来，还有不小余地和空间，应该如何开拓进展？

一个曾经的一类贫困村，贫困发生率已由2014年的36.17%下降到0.89%，人均可支配年收入也由4125元增加至7890元。全村建档立卡贫困户203户941人，如今未脱贫的也只有6户24人。成绩固然可喜，但增收致富的路还很长，读着现在这些数字，还不是让人高枕无忧、可以歇气的时候，今天打下什么样的基础，将来就会结出怎样的果实。

市委宣传部不想松劲，派出去的驻村干部也没有停下脚步。我到角寨村当天，就见到董贤江同梁正志一道，商量着怎样再加一把力气，解决几个突出民生问题。

角寨村所在的顶云街道，就是原来的顶云乡。几十年前，一些农民冒着天大的风险，相聚而约，悄悄承包土地自主经营，在历史上留下抹不去的一笔；因而形成响当当的"顶云精神"，它的内核是"创新"和"担当"。

在伟大的脱贫攻坚斗争中，角寨村驻村干部把顶云精神变成了现实中的动力，以创新和担当，铺展着自己和一个村庄的发展轨迹，贴住人心做工作，抓住群众的利益搞帮扶，把自己的优势发挥得淋漓尽致。他们的创新、担当，是想在角寨村这一方小小天地里，演一场把人心激活，让群众自己创造幸福的大剧。最重要的是，他们用四两拨千斤的功夫，把有限的力量成倍放大。思想一活，万事皆有可能。

又想到水，在角寨村走访，有位干部讲了一句话："污水是可以排放的，清水是可以激活的。"这是他们的感悟，对我们却是一种启迪。

2020年8月8日

》 后记

　　我还想说，《大扶贫一线手记》，其实是靠大家推动才产生的作品。

　　感谢贵州人民出版社的领导和编辑。他们为三部《大扶贫一线手记》从编辑到出版付出的心血，我记在心里。写这几本手记，最难的事是下去走访，因为完全是个人行为，难免会出现各种尴尬和预想不到的困难。有时，我甚至有些心灰意冷，产生就此打住的想法，但是他们的勤勉、执着、认真，让我没有选择放弃。

　　感谢原贵州日报报业集团各位往日的同事，他们给予我很多关注与支持。书中不少线索是驻市州记者站同志提供的，不但提供线索，在走访上也给我创造条件，提供便利。特别要提到的是，《法治贵州》原主编罗华山，不但多次开车送我到走访一线，并且为手记拍摄了大量图片。不少当年的战友，都用不同的方式支持、鼓励我，把艰巨的任务完成到底。

　　感谢多彩贵州网，成为手记作品在新媒体的首发平台。并且，专门在《贵州文艺·黔声朗朗》栏目中，声情并茂地加以推介。

感谢贵州省作家协会，《大扶贫一线手记③》中一些重要篇目，是省作协提供了采风机会，我才得以顺利写成了文章。作协是作家的家，对这一点，我有真情实感。

当然，也要感谢朋友和家人。诗人卡西、耕夫参加了多次走访，并担负起摄影的任务。家人对我的投入，表示理解和支持。

希望在今后乡村题材创作中，你们仍然与我一路同行。

张 兴

2020年8月10日